눈물은 그러다가 흐른다

황성희 시집

문학동네시인선 153 황성희

눈물은 그러다가 흐른다

시인의 말

『가차 없는 나의 촉법소녀』를 기점으로
그 이전에 쓴 시들을 이제 묶는다

두려움의 내용도 모르면서
지겹도록 오래 도망쳤지만

내 얼굴이 낯설지 않은 시간을
한 번은 살아보고 싶었기에

남아 있는 생의 모든 용기를 걸고
이 불안한 속도와 맞서고자 한다

많은 시인들에게 의지하여 여기까지 왔다
여기 문장들도 그런 역할을 할 수 있다면

그것으로 과분하며 다시없는 영광이겠다
당신들로 인해 나는 비로소 가치로워졌고

어느 거리에서 뿌리 없이 떠돌더라도
당신과 연결되어 있다고 믿을 것이다

2021년 3월
황성희

나의 가장 빛나는 한때가
이렇게 강렬하게 저물 때도 없었다

차례

5부 어떤 휴지가 콧물을 의심하겠는가

1부

복숭아를 사기에는 아직 이른 감이 있다

지우개부심

태어나지 않을 수 있었다
자라나지 않을 수 있었다
한평생 한 개의 표정으로 일관하는 공산품이 될 수 있었다
사소한 뼈 하나 녹슬지 않은 채 서랍 속을 뒹굴 수 있었다
이 동네 저 동네 후줄근히 늘어진 전선이 될 수도 있었다
빛바랜 전단 덕지덕지 붙인 채 아무 오줌에나 묵묵히 젖는
후미진 골목 어딘가의 전봇대가 될 수도 있었다
아니면 속이 텅 빈 건전지나 양팔을 잃은 의자
거리낌없이 낭비되다가 끝내 소용없어지는 무엇
이를테면 내가 아닌 다른 모든 것이 될 수 있었다
곡식을 잔뜩 채운 입이 아닌 다른 모든 것
사망자 심심찮게 출몰하는 저녁 뉴스에
맥주 한잔 곁들이며 감쪽같은 사지 속에
속절없이 갇힌 채 좋아라 사는 걸 보면
사랑이며 행복 같은 이 세계의 사탕발림이 또 없다
아무 보람 없이도 지우개는 잘만 닳지 않는가
나도 지우개가 될 수 있었다
손모가지가 둥글둥글 유순하게 닳아갈 수 있었다

자물쇠가 천직인 사람들

아무것도 알 수가 없다
도무지 아무것도

이 비명은 오래되었고 특유의 강약과 높낮이를 잃었다
내지르는 내용은 매번 똑같고
사이렌보다도 설득력이 떨어진다
그래서 이 비명은 일상을 놀라게 하는 일 없이
그것과 공존한다

약지의 끝마디가 힘을 줄 때마다 시큰거린 적이 있는가
나는 이 경험을 정확히 알고 자주 겪으며 일부러
회피할 정도로 엄살이 심하거나 겁이 많은 편은 아닌데
손바닥에는 이미 방향을 결정한 몇 개의 길이
빈 주먹과 함께 홀연히 나타났다 사라졌다 반복하고
잘 구부러지는 관절 옆으로 주방에서 풍겨오는 음식냄새

아무것도 할 수 있는 게 없는데 쌀을 씻었다
때로 이 비명은 구체적이고 사소한 행동 그 자체다
쌀 속으로 조를 흩뿌리고 속청을 던져 넣는다
몸을 포기한 검은 껍질들이 하나둘 떠오른다
아무것도 할 수 있는 게 없는데 취사를 누르고
우엉과 연근이 졸아드는 내내 보글보글
비명은 계속된다

—

이 세계에 와서 나는 하루 세 번 배고픈 사람이 된다
농협에 대해 알고 있지만 난 아무 권한도 없는데
아이들은 자꾸 와서 허락 같은 것을 맡고 가고
되살아난다는 보장만 있다면 꼭 한 번
이 삶을 멈춰보고 싶지만
난 왜 번번이 불행에게 친절할까

낭떠러지는 알 수 없겠지
추락의 직전까지는 마냥 흘러야 하는
이 세로의 기분을

조끼의 단추나 떨어졌으면
물속에서 하는 생각이 기껏 그렇다

어떤 개에게는
훈련보다 뼈가 자라는 일이
훨씬 더 고되고 무섭다

아기들이 끝내 울음 참기에
성공하는 건 무엇 때문인가

비명의 때와 장소 그리고 강약을

—

조절할 수밖에 없는 사연은 또

아무것도 아는 게 없는데 난 계좌이체도 할 줄 알고
불투명한 회계 단체에는 함부로 기부도 안 하는 것이다
총선이라는 말도 할 줄 알고
인물이 없다는 탄식도 할 줄 안다
추위도 탈 줄 알아서
전기장판을 꽂고 취침에 온도를 맞춘다

경고처럼 붉은 등이 켜지고
이불을 깐 허공이 따끈하게 데워지면
경추 베개에 나의 목뼈를 단단히 끼워맞춘다

등 밑의 허공을 향해 언제 활짝 열릴지 모를 이 바닥을
이리 뒤척 저리 뒤척 밤새 온몸으로 꽁꽁 잠가야 하니까

아직까지는 이 허공이 나의 안방이어야 하니까

새의 이웃과 나

날개를 뽑아두고 다니는 새를 알고 있다
새는 오랜 재활을 통해 다리를 늘여왔고
그 과정에서 부러진 자리가 운좋게도 무릎이 되었다
관절을 구부리는 건 어렵지 않았다
뼈가 조금만 자신의 고정관념을 수정하면 될 일이었다
가장 힘든 건 발가락 수를 늘리는 일이었는데
새로 생긴 발로는 움키는 것보다 놓치는 게 더 많았다
아래층으로 새가 이사를 왔을 때
그는 이미 편견 속으로 내던져질 준비가 되어 있었다
베란다 빨래걸이에 날개가 널려 있으면
그건 새가 산책중이라는 뜻이었다
부리로 쪼고 싶은 충동을 억제하기 위해
새는 스스로 입마개를 썼다
윤리에 길들여지는 건 고난도 활강보다 쉽고 보람 있었다
나는 홀로 남은 새의 날개를 보며 오래 차를 마시곤 했다
어느 날 새는 자신의 두 날개를 들고 나를 방문했고
나는 선뜻 내 양팔을 뽑아 아직 팔꿈치가 없는 새에게
건네주었다 불우이웃은 불우이웃을 알아보는 법이다
여기는 가난한 동네였고 풍족한 것은 궁핍뿐이었다
머리 속에서는 오랜만에 아무 빵도 만들어지지 않았다
생각이 구워지는 고소한 냄새를 잃어버린 게 아쉬웠지만
손가락은 점점 더 가늘고 부들부들해졌고 그것들을 모두
한 방향으로 쓸어넘기면 잠깐 깃털처럼 보이기도 했다

하늘에도 아무 해결책은 없었고 꺼낼 눈물도 많지 않았다
난관은 머리 속에서도 머리 밖에서도 하필 별처럼 흔했다
높은 곳에 올라서면 새의 다리는
땅을 놓치고 싶어 후들거렸고
나는 비행중 나도 모르게 하늘에다 발자국을 찍으려 했다
그때마다 날개와 구름이 거친 소리를 내며 부딪쳤다
아버지와 어머니께는 아무 말씀도 드리지 않기로 했다
그들이 아무것도 아니라는 걸 알리는 나의 방법이 그랬다
밤이 되면 새와 나는 날개와 양팔을 빨래걸이에 나란히
널었다 새는 노래를 잃어버린 하루를 조잘거리고
나는 말이 사라진 하루를 흥얼거렸다 막막하긴 했지만
우리가 빨래걸이보다 먼저 썩을 것임은 분명했다
그것이 이 가난한 동네의 유일한 재주이자
위로의 전부였다

개의 복수

오늘 나는 그에게
그가 개라는 것을 처음 알려주었다

그는 별로 놀라지 않았다
자연스럽게 입을 벌리고 멍멍 짖고
소파 밑을 킁킁대며 네발 보행을 했다

나는 의아한 한편 걱정도 되었다
하루아침에 개가 되었다는 것에 저렇듯 불만이 없다니

개는 세탁기 옆으로 가 다리를 들고 오줌을 갈기더니
빨래걸이 옆 쓰레기봉투를 뒤지기 시작한다

나는 개밥그릇에 우유를 부어준다
너는 이제 갓 태어난 어린 개라는 말도 잊지 않는다
그러나 왜 이렇게 두려움 없는 눈동자를 가진 것이냐
라고는 묻지 않는다
왜 이렇게 나를 궁금해하지 않는 것이냐
라고도 묻지 않는다

대신 나는 오늘 만날 약속 상대에게 전화를 건다
그는 얼마 전 자기 어머니 때문에 말이 된 사람이다
고삐 때문에 방황할 때 내가 도움을 준 적이 있다

나는 말에게 개의 상태를 말해주었다
마치 처음부터 개였던 것처럼 개같이 굴고 있다고
말은 한참을 히히히힝거리더니 내게
사람이 된 지 올해로 몇 년째냐고 묻는다
순간 나는 손님이 온 척 서둘러 전화를 끊는다

개는 물티슈를 질겅질겅 씹으며
물지럭한 똥덩어리를 엉덩이로 짓뭉개고 있다
이 세계의 한켠에 유유자적 똥칠을 하고 있다

평범한 오작동의 세계

끝이 난다는 것은 아무리 생각해도 그것은
한 번도 본 적 없는 제품과 맞닥뜨리는 심정 같을 것
아무런 설명서 없이 내가 나를 건네받는 심정 같을 것

얼마 전에는 난데없는 참담함과 속절없음으로
기계의 일부가 마비되기도 했다

나는 압도적인 몇 종류의 어린 공포와 옷장 속
겨울 코트보다 적은 개수 교훈으로 지금껏 가동되었다
팔다리는 무엇을 피하기 위해 몸밖으로 뻗어갔으며
이 기계는 무엇을 감추기 위해 겹겹의 피복을 발달시켰나

사은품처럼 매일매일 쏟아져내리는 오작동의 경험들
오늘이라고 다섯 번 거짓말치고 몇 분 정도는 우쭐했지만
나 혼자 잘못 아는 건 아닌지 백색소음을 내며 울었다

이 기계는 허공의 낯선 굴곡을 따라 노련하게 움직이지만
더욱 사려 깊은 작동으로 기진맥진한 곳곳을 보호하지만
말을 멈춘 뒤에도 생각은 멈추지 못하는
슬픈 구조를 지녔다

이 기계의 다음 버전은 안쓰러운 탁상공론이거나
발간 예정만 남발되는 제목 미정의 책 같은 게 아니겠나

나와 기계 모두에게 미래는 아무 위안도 되지 못했다
그 누구를 위해서도 아닌 그 무엇을 위해서도 아닌
시 한 편을 지금 쓰고 있다는 것 말고는
이 기계의 작동법에 대해 내가 아는 것은 없다

억지로라도 따뜻해질 수 있다면 이대로 멈춰도 좋다는
기계의 독백을 어느 상상 속에서 읽은 것 같다 그땐
젖은 몸 곳곳 비명처럼 번지는 녹도 두렵지 않겠다는

이 세계의 말과 행동 모두를 잃은 뒤 기계에게 나와
우리 모두에게 서로는 절절한 무용지물이 될 것이었다

모든 것을 피해 살아남은 사나이

그는 명중당하는 데 소질이 없는 사나이였다
아무리 날랜 시간도 그를 맞히고 지나가지 못했다
그가 태어났을 땐 이미 한 대통령이 저격당한 뒤였다
그는 나쁜 표적의 기준을 만족시킨 덕분에 살아남은
좋은 표적의 예였다
검은 리본이 그의 명찰을 평화적 애도로 뒤덮는 동안
33인들은 국정교과서의 외진 곳에서 간간이 모이곤 했다
만세는 그의 어머니가 기미년에 당도하기도 전에 벌어졌고
해방이 신(新)종속 되는 신탁에 그는 참가하지 못했다
둘로 나뉜 타인들의 정원에 만행들이 도끼처럼 나뒹굴 때
군홧발과 탱크가 자국의 한 도시를 적국처럼 점령할 때
그는 불주사를 피해 화장실로 숨어들던 어린 도망자였다
어머니를 향해 시종 웃던 담임의 어금니는 음흉했지만
아무것도 겨누지 못하는 사타구니의 무능한 총 한 자루를
그는 아침마다 고요히 흔들어 세울 뿐이었다
겹겹의 담요로 빛을 가둔 등화관제 훈련 속에서 그는
주말의 카우보이들로부터 장렬히 명중당하는 꿈을 꿨지만
간첩으로 위장한 군인들에게 속아 뒷걸음치기 일쑤였고
보기 속 뒤섞인 회담들을 끝내 순서대로 나열하지 못했다
대열을 짜고 누운 학생들을 지나치는 버스 속에서
그는 덜컹대는 시간을 따라 흔들리고 기울어지며
사건과 사건 사이를 투명한 표적처럼 유영했다
덕분에 무사했지만 때문에 아무 무늬도 가질 수 없었다

아무 무늬도 없었기 때문에 누구의 눈에도 띄지 않았다
모든 것을 피해 살아남았다는 것만이
그가 가진 최고의 명예이자 기술이었다.

물고기 사내

그는 아직 한 번도 물속을 경험하지 못한 물고기였다

아가미가 슬픔의 퇴화된 구조라는 걸
알게 된 것도 최근의 일이다

자신의 호흡을 폐에 감추고 단단한 비늘을
두 발처럼 드리운 그는 매끄러운 피부가
비늘 말고 무엇을 은폐하는지 알지 못한 채
모든 헤엄의 원형과 영법의 발달사를
책을 통해 배우며 자라났다

문자들은 의심을 모르는 새끼 물고기처럼
유쾌하고도 날렵한 의미와 생동의 춤을 추었고
자신이 물고기임에도 인칭을 사용하는 주제로
그는 한 유력 잡지에 등단하기도 했다

딱딱한 손끝의 비늘을 손톱깎이로 깎아내며 그는 오래전
스스로 가라앉힌 부레를 떠올려본다 아가미를 활짝 열고
사지를 늘어뜨린 온몸에 들숨 날숨 할 물을 상상해본다

가끔은 이런 생각이 한 번도 들어가보지 못한 물속처럼
허황되고 두려우면서도 난데없이 쓸쓸해서
추억으로 채운 머리 속을 최신의 영법으로 헤엄쳐보지만

물이 모두 말라붙은 이 물속은 없음으로 출렁거린다

자신의 결심과 상관없이 이 건조한 헤엄을 지속시키는
가슴속 두근거림에 대해 그는 때로 분노하고 좌절했지만
없음으로 가득찬 물속으로 계절을 잃은 꽃잎이 떨어진다

검은 하늘로 뒤덮인 까마득한 수면을 올려다본다
일렁이는 달의 옆으로 갓 태어난 별들이 둥둥 떠다닌다

그는 비늘을 숨긴 손으로 벌렁거리는 아가미를 움켜쥔다
젓지 못하는 새들이 날개를 꺾고 지상을 향해 내리꽂힌다

시시한 세계

반백 년 가까운 삶을 맹탕 흘려보냈다

한 명의 아버지를 속수무책 잃었고
어머니는 신(神)도 어머니도 아니었다

무서운 건 매질이 아니라 날마다의 태양
아기는 배꼽에서 나오지 않았고
위에서 아래로 떨어지는 사과의 천지였다

거울을 봐도 딱히 놀랄 일이 없는데다가
그 얼굴이 그 얼굴인데도 애가 안 탔다

머리 속으로 추상의 나무만 자라났다
생각으로 엮은 그늘이 점점 넓어졌다

도로아미타불도 될 수 없는 내게
남은 건 오십 킬로 남짓한 뼈와 살덩어리

언제 끓어넘칠지 모르는 낡은 냄비와
스톱워치 속 쉴새없는 시작과 끝

심장이 굳어가는 한 명의 어머니와
기억이 굳어가는 또 한 명의 어머니

처음 여기 왔던 방식과는 다르게 사라진다
날마다 조금씩 어딘가를 향해 옮겨진다

아무 언어로도 말해질 수 없는 비참을 뚫고
눈 닿는 모든 곳에서 자비 없이 달려든다
내게 남은 마지막 순서가 나를 향해 전속력으로

재채기나 속도위반 같은 건 그 와중에 벌어진다
정면충돌의 직전까지는 물론 식사도 계속된다

산만한 국민

냉장고에 기댄 채 밤새 딴짓을 한다
왜 여기 모여 함께 사는지 생각한다

모든 것의 맨 처음으로 돌아가는 상상을 한다
때때로 실존은 현실에 대한 직무유기가 된다

한 대통령의 몰락 옆에서 나는 딴짓을 한다
파란만장한 일가의 파국에 집중하지 못한다

몰락은 존재 말고 행동을 원할지도 모른다
행동은 번번이 유보당한 이유가 궁금할 것이다

파국은 명분을 만드느라 창피할 틈이 없고
냉장고는 반찬 냄새 섞인 냉기가 경멸스럽다

실존은 딴짓을 들킬까봐 오래 숨죽이고 살았다
대답이 뻔한 삶을 궁금해하는 것이 부끄러웠다
뻔한 대답을 가진 삶을 이해 못할까봐 두려웠다

새벽에 축구 중계를 틀어놓고
우두커니 앉아 있으면
현실과 실존이 심장 소리를 내며 맞부딪쳤다

좁다란 어깨는 오직
시간의 방향으로만 떠내려갔다

여긴 지금 안전한 시

나는 지금 양손에 노란 눈물을 치켜들었습니다
당신의 문고리들은 굳게 방문을 잠갔습니다

주머니 속 움켜쥔 시간을 꺼내보세요
우리에게 들려줄 참말이 있긴 합니까
연대표에 남길 오명이 아직 남았는지요

나는 지금 당신께 배운 최고로 안전한 시
침몰하는 배 속에서 가만히 기다리는 시
침묵으로 소란스러운 시를 집필중입니다
악랄한 비겁의 흔한 일상 버전이랄까요

혹시라도 아이들을 찾고 계신다면
피리 부는 사나이도 없는데
깡그리 사라진 아이들을 찾고 계신다면

울음이 창궐한 이 마을에 대대로 살아남은
거대 쥐들의 변명을 함부로 용납 마십시오
비겁은 용기와 나란히 쓰일 수 없습니다

꾸준히 착취하고 성실하게 갉아먹은 쥐들은
진실의 궁지에 몰릴수록 선인에 가까워집니다
거짓은 모든 종류의 변신과 단짝이니까요

나와 이 시도 한 패가 되는 변신에 성공합니다
아무것도 말하지 않는 댓글 달기에 성공합니다

모쪼록 그곳에서 남은 연대기 마무리 잘하시길요
예나 지금이나 정직은 용기의 문제였지요
허리 디스크나 어깨에 기댈 문제는 아니었습니다

출구 없음의 마술

대부분 같은 말을 쓰는 사람들끼리였다
나도 다리가 두 개 그들도 다리가 두 개

다리는 이상했지만 두 개는 이상하지 않았다
두 개는 이상했지만 다리는 이상하지 않았다

우리는 누구도 자진한 적 없지만
심장이 뛰는 사지 속으로 순순히 뛰어들었고

눈을 뜬 채로 시드는 마술은
언제나 성공적이었다

불안은 모두를 전염시켰지만
모두가 불안했기에 모두가 안심했다

차를 잠시 잘못 주차했고 서둘러 다시 뺐다
나와 한 종류가 된 아이의 손을 잡고 달린다

대낮이었고 시장이 붐볐고 공기는 뜨거웠다
가격을 묻고 두리번거리고 잠시 멈췄다가 다시 걸었다

집으로 올라가는 계단에서 아이의 손등에 입을 맞춘다
계단은 함부로 물렁해지는 일 없이 직각을 고수한다

입술은 한 세계의 표면에 무사히 붙었다 떨어진다

복숭아를 사기에는 아직 이른 감이 있다
이런 예감 덕분에 현관문은 딱딱할 수 있다

손잡이를 쥐고 문을 여는 행운을 누릴 수 있다

환영의 사회

우리는 계속 화를 내고 있었다
자연스러운 것이 못마땅했다

어떤 짓은 되풀이했고 어떤 짓은 멈추었다
졸지에 사라졌다가 갑자기 나타나기도 했다

내일 또 만나 했던 입속으로 흙이 쏟아졌다
한사코 집으로 돌아가려는 광신도들뿐이었다

창문을 열면 열렸고 닫으면 닫혔다
바람이 불다가 안 불다가 다시 불었다

어제까지 있다가 오늘 없어지는 나무도 있었다
어제까지 없다가 오늘 생겨나는 나무도 있었다

술을 먹으면 생일이나 장례 같은
친근한 비밀에 대해 이야기했지만
어떤 비밀은 차마 입에 올리지 못했다

착각에서 뻗어나온 팔다리 같은 것
나무 대신 심긴 나무의 환영 같은 것

이 세계에서 잃어버리게 될 새로운 날들의

무한반복 같은 것은 차마

어디서부터 어떻게 눈치채야 할지 알 수 없었고
불안을 불안하게 할 용기는 더욱 없었다

착각에서 뻗어나온 환영의 팔다리 휘두르며
아무 싸움이나 벌여야 했다

물건을 사다가도 운전을 하다가도
밥을 먹다가도 심지어 자연스럽게

그것이 가장 안전하고 오래
이 세계에 머물 수 있는 방법이었다

시간의 능력

베란다로 간다
세탁기 위에 두루마리 휴지가 쌓여 있다
휴지 하나를 꺼내 욕실 휴지걸이에 끼운다
날이 흐리다 그리고 나는 어제처럼 살아 있다
살아 있는 채로 소파에 앉아 아침 드라마를 본다
드라마 속 디자이너들이 옷을 만들고 있다
자신의 딸을 걱정하느라 어머니는 점점 미쳐간다
딸의 아버지는 경쟁사 몰래 디자인을 훔친다
저쪽의 한 순간을 이해하는 동안
이쪽의 한 순간이 흘러간다
채널을 돌린다 나는 곧 다른 나라의 일로 분개한다
몇만 킬로 떨어진 상공에서 벌어진 폭파 사건
목적도 결과도 터져버렸다 시간 말고는 모두 추락했다
범인의 심리를 분석하는 동안 또 한 순간이 흐른다
나는 식탁 위에 놓아둔 칫솔을 찾고 있다
하지만 그것은 변기 뚜껑 위에 놓여 있다
오줌을 누러 갔다가 알게 된 사건의 전말이다
한 순간이 흘렀고 나는 정오 너머로 밀려났다
배가 고팠다 시간 말고는 모두 배가 고팠다

2부

그러니까 옳은가

잡동사니의 역사

구름 속에는 잡동사니의 역사가 모여 있다

잡동사니는 잡동사니인 것이 속상하다
이래 봬도 땅 위에서는
머리로 생각하고 두 발로 걷던 생물

무심한 유리창이나 물 고인 웅덩이
어디서든 멈춰 서면 비춰지던 나

내 눈에서 나는 눈물인 줄 알고 좋아했더니
텅 빈 허공을 타고 흐르는 텅 빈 눈물이라고
어느 선생께서 평생을 걸고 말씀하시나

시간의 물살 위로 벌러덩 드러누워 하늘을 보면
끝도 없이 펼쳐진 한 개의 푸른 외눈 아래
옹기종기 심장을 파먹으며 늙어가는 아이들

땅에 비친 하늘은 흙색
하늘에 비친 땅은 푸른색

결국은 너의 얼굴 위로
나의 슬픔이 흐르는 거였다니

그 많은 구름들이
단 하나의 구름이었다니

그래도 너무 빤히 쳐다보진 마
나의 슬픔이 너의 얼굴에 되비쳐

까닭 없이 잘해주거나
화를 내며 짓밟고 싶어지니까

성장의 동력과 잡동사니 기질

아직은 컵과 함께여야 한다. 나 혼자서는 무리다. 커피가 아니라면 물도 좋다. 12색 모나미 없이도 좀 그렇다. 청소년들의 즐거운 불안, 어르신들의 딱딱한 유연, 헤엄이 마냥 좋은 아가들의 끈적한 침도 필수. 어떨 때는 내 발을 밟는 다른 발과 어머! 하나만 있어도 된다. 그것을 미안합니다로 해석하는 내가 여기 있으니까. 에브리싱은 나의 어라운드에 있어주기만 해도 감지덕지인 것이다.

나는 아직 스스로 자라기엔 벅찬 나이. 마음이 부들부들 떨리는 걸 들킬 수 없다니 안타깝고, 모든 것을 설명하자니 오해 때문에 코피가 터지고, 나를 따돌리는 인간들도 생겨나는데, 괜찮다. 특정 동사의 목적이나 대상이 되는 것은 성장의 대단한 자양분. 이런 순간에 담배 생각은 누이동생의 오빠 생각 같은 것. 누이동생 때문에 언니는 될 수 없었던 오빠의 숙명 같은 것.

눈에 보이는 허공이 점점 늘어나지만 나는 아직 옷을 벗을 때가 아니고, 알몸으로 나설 때가 아니고, 알몸을 벗고 나설 때는 더욱 아니다. 벗어던진 몸을 함부로 파묻을 때도 아니고, 아버지를 따라 덩달아 썩을 때도 아니다. 아직은 어른들 뒤에서 젯밥 생각에나 골몰할 때. 더구나 팔찌 때문에 팔도 필요하고, 책 때문에 눈도 필요하고, 숟가락 때문에 입도 필요하고,

가끔씩 아침 약과 저녁 약 좀 바꿔 먹어야 에피소드도 생기고, 약과 함께 물컵과 함께 나의 팔꿈치도 식탁 위에 머

물렀단 증거가 되고, 최근 들어 현재진행형을 곧잘 구사하다보니 지금 속에 놓여 있는 게 자연스럽지만, 아직은 크레파스를 버릴 때가 아니다. 크레파스가 쓰다 버린 사람이 될 때가 아니다.

라면에 관한 오해

라면을 사기 위해 슈퍼로 가는 것은 옳은가
슈퍼 옆 포장마차를 힐끔거리는 것은 옳은가
주인 여자의 육손을 궁금해하는 것은 어떤가
새끼를 밴 고양이에게 저녁식사는 어떤가
저녁식사에게 새끼는 옳은가
지갑을 빠져나오는 이 세계의 돈은
이 세계에 매달려 구불거리는 손가락은
영수증에 찍힌 잔돈의 역사를 되짚는 머리는
하늘을 보는 눈동자는 어떤가
눈동자에게 하늘은 옳은가
옳은 것에 대해 생각하는 지금은
허공이 아닌 길을 밟고 있다는 확신은
조금 전 나왔던 집으로 다시 되돌아가는 것은
이대로 부글부글 라면을 끓이는 것은
그러니까 옳은가

생선구이

천천히 밀려온다, 투명한 불안, 바람처럼 살랑거리고, 매질 없이, 내장을 긴장하게 만드는 기술, 사고는 한순간 집중됐다가, 산만해진다. 한 무리 고기떼가 모였다가 흩어지는 것처럼, 사고의 응축과 분산, 일상을 가로지르는 날렵한 헤엄, 부드럽지만 확고한 지느러미, 이제 점점 더 조여올까, 그물은, 아니 생각은, 순식간에 모였다 단번에 흩어지는 고기떼들을 가두기 위해, 자동차가 달리고, 가정은 탄생하고, 깨달음 저 너머, 형체만 남은 울부짖음, 누군가 운좋게도 어머니를 잃었나? 경적이 소스라치게, 몇 번을, 놀란다. 손가락이 창문을 쓰다듬는 것, 물고기가 어항 벽에 주둥이를 부딪치는 것, 과자로 만든 집과, 생각으로 만든 케이크, 부풀어라, 부풀어라, 숨이 턱에 다다른 심장처럼, 그러다 뻥! 상상으로만 터져보는 것은, 재난 대비 훈련 같은 건가. 낄낄낄 찰나, 눈앞의 얄팍하고 팔랑거리는 이것은, 온천 할인권? 사용 기한 지났나, 안 지났나, 홱 고개를 들이미는 순간, 사정없이 낚이는 입꼬리, 차라리 찢어지고 말지, 그 용기를 마련 못하고 끌려올라가는 비명, 뱅글뱅글 릴에 감기는 변명, 대롱대롱, 허공의 물고기 한 마리, 거울을 뚫고 기어이 솟구친다, 지글지글, 태양 아래, 생각이 타는 냄새.

새우깡 소년

생새우로 만든 새우깡, 밑에
생활에 플러스가 됨, 에서 잘린 테이프 위로

스낵은 언제나 농심이라는 또박또박 인쇄된 믿음
30g짜리 4개 8팩, 참으로 명확한 한 박스의 오장육부

이때의 팩은 미니 팩이라니 조심하시오
왜 이것밖에! 라고는 내뱉으면 안 될 한 봉지의 운명

아무것도 해결된 건 없는데 회담은 뭐 자꾸 성사되고
사우디 갔다 온 오빠의 콩팥은 왜
한겨울에 녹아내리는 것인지

모든 것을 형형색색의 실화로 만드는 투석의 장면
돌보다 못한 돌멩이보다 못한 이 국면에
겁 안 나는 사람 있으면 콩팥을 꺼내서 던져봐라

이게 다 내 잘못이다 어머니는 그 한마디가 어렵습니까
한 봉지에 담겨 있기는 어머니나 새우깡이나 마찬가진데

오늘은 또 무엇이 밝혀졌습니까?
우리는 어떻게 된답니까?

돈이 조금 더 있으면 췌장 초음파를 찍어보면 좋지만
아무것도 해결된 거 없는데 서정 서정 말아야겠다
나무 이름 꽃 이름 읊조리며 없는 평화 누리지 말아야겠다

아름다운 생활들아
손발을 꽁꽁 묶는 최면의 주문들아

도대체 두 발은 어디를 향하는지 발자국을 따라가볼까
미로 속에도 길은 있으니 답답하지는 않을 노릇이겠다

어쩌면 미로 혼자만 답답할 노릇이겠다
그 안에서 번번이 집으로 돌아가는
새우깡 한 봉지를 보면

불투명 호갱님의 멘토스 시전

꾸역꾸역 모여드는 걸 보면 저건 필시 마지막 급행

알고 보면 수증기도 한 알 한 알이 다 거기서 거기
토끼나 나비나 펼쳐보면 구름의 세계에서는 똑같고

소나무와 소나무의 차이는 오직 눈동자 속에만 있다

구피 같은 것이 죽으면 대충 싸서 버리면 그만이지만
유리 어항이 깨지는 건 어이가 없고 분통이 터지는 일

세탁기에 운동화를 넣고 돌리면 뱅글뱅글
돌아가는 것은 물체가 아니라 물체의 시간

마치 내 편인 듯 손은 끊임없이 책장을 넘겨주고
설거지 때는 호시탐탐 그릇 밖으로 미끄러지다가

내가 잠들면 꿈 밖으로 쭉쭉 밤을 잡아당긴다
어둠의 색이 희미해질 정도로 세게 팽팽하게

그래봤자 부처님 오신 날은 빨간 날 문화센터는 휴관
멘토스 자판기는 오백원 한 개부터 주입 가능하지만

색색의 달콤함도 잠시

덕분에 입은 충분히 입다웠으나

그래서 집으로 가는 길이 맞나요? 물어보면
이 길만큼 산전수전 겪기 좋은 길도 없다고

영영 도착하지 못하는 길은 없나요? 물어보면
여긴 태생부터 미아 천지니 안심하라고
수십 년 우왕좌왕 티도 안 나고 봐도 안 보인다고

내가 기어코 잃어버리고 싶은 건 이 길의 끝인데
당신은 다짜고짜 날 투명 인간 취급을 한다

하긴 상관없다 진짜 투명일 리는 없으니까
멘토스를 이렇게 와짝와짝 씹어대는 중이니까

불투명 인간의 단물 고인 입속이 궁금하다면
언제든 구경 오시길 대환영!

소비자의 변심
—넌 어떻게 어머니가 싫어?

난 이미 모든 것을 알고 있는데 이제 와서 아무것도 몰라도 될까. 교만 아닌 겸손이 허락되어도 될까. 선을 강요하는 전쟁, 혁명을 척결하는 혁명, 기쁨과 고통이 한 낯짝인 것, 파멸과 탄생이 한통속인 것, 기나긴 모순의 연대표 질리게 외우고도 이제 와 아무것도, 아무것도 몰라도 될까. 이 전진하는 후퇴, 이 발전하는 퇴행, 속에 그래도 될까.

얼마 전 막을 내린 아버지의 오랜 종교. 누군가에겐 모태신앙. 군화 신은 공주님의 한바탕 몰락. 펄펄 끓던 냉전 끝나고 그 많던 소련 스파이들 미국산(產) 에일리언으로 전직하기까지, 통곡으로 쌓은 장벽 무너진 눈 깜짝할 사이, 혹부리 영감의 퇴장, 반토막 난 집구석, 한가락씩 했다는 관 속의 아버지들, 파란만장한 노동과 후일담의 천하,

달리고 달려 전쟁을 견딘 강물의 기적, 빛바랜 공신들의 원성, 흐지부지한 혈통의 해체 뒤로, 그 흔한 빠이빠이도 없이 사라져가는 민족, 입을 가리고 웃다가 나자빠진 대통합, 이제 남은 건 상스러운 개인의 다국적 후기뿐이라니.

알고 있는데, 굴렁쇠처럼, 삶과 죽음, 한 방향을 향해 굴리는 법을, 손 놓으면 뱅그르르, 제자리 맴돌다 멈추는 걸 알고 있는데, 이제 와서 모른다니, 모르는 사람이 되겠다니, 변명 같기도, 고백 같기도, 헛소리 같기도 한, 실은 첫번째도, 두번째도, 세번째도 내 소원인 것만 같은,

거대한 끝, 눈앞에 두고, 갑자기 사람이 아닌 척, 하고 싶은 건지, 이제껏 실컷 살아놓고, 안면 싹둑 바꾸고 싶은, 요

양원 계신 어머니 마음 같은 건지, 그것도 아니면 잡동사니 가득한 장바구니 속, 모든 것을 도로 물리고 싶은, 장바구니 든 자신마저도 물리고 싶은, 소비자의 변심 같은 건지.

에피소드 대전(大戰)

이제 와서 이런 신파, 아실까? 펄펄 끓던 얼음 와장창 깨졌다가 다시 더 꽝꽝꽝 얼었다가, 승냥이 두더지 몰래 야금야금 땅굴 파다가, 탕탕탕 두 동강 난 한강이 벌떡 일어나는 기적. 오발탄? 그게 시험에 한두 번 나오고 말 총알은 아닌데. 비비 꼬인 장벽, 인도와 차도, 왼쪽과 오른쪽, 오적과 육전, 도둑은 도둑인데 잡혀가지 않는, 아무나 역사의 산증인 되는 평등 시대 난데없이 도래하시고.

적은 1도 없고 방만 많은 지금, 오지게 많고, 지리게 많은 지금, 나는 「달밤」* 같은 서러운 울음을 울 재주는 없어. 그 재주 없음이 안 쪽팔린 이 마음에 어떤 병명을 붙여볼까.

불도저 소리 우렁찼을 때, 집에서 똥만 싸도 아버지가 대접받던 시절, 하지만 담배 피우던 호랑이들 모두 죽고, 이젠 전부 은행의 집, 은행의 아가들, 아내보단 이자가 주무르는 덕에 싸는 날이 더 많고, 반반한 땅이란 땅은 죄다 이 나라 최고 보 떵작이 되겠다며 강물 속으로 몸을 날리니.

예전 같으면 용감하다는 건 한 곡조 잘 뽑겠단 신호였는데, 이젠 어떤 노래를 불러야 할지, 제목도 모르는 파티들 차고 넘치는데, 도대체 어떤 노래를 불러야, 칼부림에 재미 붙인 가족들 한자리로 불러모을지.

이제 와서 이런 신파, 아실까, 아니야, 모르시겠지, 알더라도 모르시겠지, 그래야 소용없지, 재미없지, 인기 없지, 사양길, 내리막이지, 시간이 줄줄 새는 마이크를 들고 길길이 날뛸 후계자도 없고, 후원자도 없고, 텐트 치고 죽치는

구경꾼도 없는,

이젠 모두 제각각. 역대급 홀홀단신. 장차 골드버튼을 꿈꾸는 1인 중계자들뿐. 내 주머니에 뭐 들었게? 아는 게 이상한지 모르는 게 이상한지, 골라내는, 바로 그 재미. 모래알들의 에피소드 대전(大戰).

아무도 달가워 않는 전쟁이지만, 모두 외로워서 두려우니까, 두려워서 외로우니까, 내가 나의 전원을 눌러줄밖에. 내가 나의 중계자가 되어줄밖에. 시청자의 기원 따윈 봉분 속에 고이 숨겨둬. 썩지 않는 손모가지를 지녔다면 이건 영원히 질 수 없는 싸움이야.

* 이태준의 단편소설.

육질의 비밀
—발바닥은 서정을 좋아해

대대로 실수투성이, 처음이 처음을 잉태하는 모순의 소용돌이, 용서를 구하기에 급급한 앙상한 지느러미, 아수라를 본뜬 시간의 물결, 심장에게 동조하는 비굴한 사지, 버스 정류장 가득 모여든 눈 코 입, 이미 완전한 모양들에게, 무슨 설명이 더 필요할까.

문장을 완성하는 일이 덧없어, 난 자꾸만 종결어미를 피하고, 이대로 끝나지 말아야지, 이대로 끝내지 말아야지, 거울 속 너는, 나무랄 데 없는 반사에 기댄 채, 무지의 명암 선명한 너는, 모든 것을 무지 반짝 되비추는 거울 앞으로, 날마다 되돌아오는 너는,

유령. 연약한 피부로 허공을 감싸고, 뼈다귀로 사지를 떠받친, 촘촘한 혈관 속으로 쌩쌩 피가 도는, 한평생 제 얼굴에 속아 죽지도 못하고 죽이지도 못하고, 한 세계를 살아버린 유령.

아무것도 모르지만 모든 것을 알고 싶은, 손이라는 실체를 놓고, 이 세계의 방식대로 꼬집어봐라. 고통과 비명이 어떻게 협잡하는지, 원인과 결과가 어떻게 등돌리는지, 인공위성과 나 사이의 거리 구하기 같은 문제에 골몰하지 않는다면, 도대체 무엇을 할까.

바닥을 잃지 않기 위해서라도 서정은 필요하니까, 새로운 문체와 새마을 문제, 전위 이전의 전희나 체위에 대한 후회로서, 고급과 저급을 오가는, 고고급과 저저급을 오락가락하는, 문화에 문외한인 무정한 무죄 추정의 혼외자로서, 남

의 밀회나 남은 밀치나 아직 따끈한 문어숙회를 파헤치는 젓가락질 같은 것도, 오직 한 가지를 직면하지 않기 위해, 수십 년 필사적으로 길러온 기호이자 취미인 것을.

피비린내를 맡는 것은 설마 나뿐인가. 순순히 죽으나, 발버둥치다 죽으나, 닭을 좀 잡아본 사람이라면, 어쩔 수 없이 안다.

태양의 입장과 막무가내식 소년

나는, 을 좋아한 소년이여. 나는, 을 흠모한 소년이여. 너는, 나는, 의 무엇이 되고 싶었을까

플라스틱의 역사와 불을 감춘 잿더미, 해묵은 오해와 용기로 몸을 채운 순장의 유령들, 붓 한 자루로부터 시작된 검은 길, 몇 칸 안 남은 화장지와 구멍을 두려워 않는 당돌한 단추 세 개,

지금은 웃지 말라고, 권총으로 옆구리를 간질이는 남자와, 겨드랑이에 털이 나기 시작한 소년, 믿다가 믿다가 너덜너덜해진 천지와 일월을 향해 매일 아침, 눈은 제멋대로 부시기 시작하고,

어리석음의 시작은 언제나 느닷없이, 콘센트는 허공 여기저기 매복된 채, 실제로 전선을 따라가본 적은 없어요, 어디서부터 이 밝음이 시작되는지, 구태여, 신체의 중요 부분을 가린, 동산의 이야기나, 무명의 설움, 같은 것, 인내천의 함성, 사람을 믿은 사람들, 소년의 순교가 끝나는 지점,

나는 지금 확실한 몸 같은 게 없다고 해도, 나는 온통 의식으로 만들어졌다고 해도, 왼손으로 그린 그림에 무엇이 나타날까마는

소년은 일기를 쓰고 잠자리에 들고, 혁명이 기만한 것은 찾지 않은 채, 나도 도망깨나 쳤소, 아무것도 아닌 채로, 여기저기, 좀더 일찍 들켰다면, 무언가 달라졌을지,

어려운 것처럼 보여야, 아무것도 묻지 않을 테지만, 곡식을 입에 담고 소년은 잠들어버리고, 기다림은 영영 나를 찾

지 못한 채, 싱거운 개념이 되어버리다니, 사전 속에 들어가 나오질 않겠다니,

에센스가 부족해, 너는, 너의 나는, 나의 소년은, 어디에도 기댈 데가 없어야 하는데, 아무 이야기도 숨쉴 수 없는 진공이어야 하는데, 사랑은 오로지 시간의 소멸을 위해 낭비되어야 하는데,

줄거리를 살려두면 안 돼, 이것은 나와 상관없는 태양의 이야기일 뿐이니까, 나는, 으로 시작하는 허무맹랑한 일기를 쓰는 소년에게는 미안하지만.

의리의 지우개

행복하게도, 아직 이 세계에 있어요. 절친에 관한 나의 정의는 좀더 새로워져야겠지만, 여우라도 되고 싶어 안달이 난 여우와, 뱀이 되지 않기 위해 늑장을 부리는 뱀과, 오곡물 티슈 같은 혼종, 자습서 한켠 선농탕과 서술형을 꺼리는 백의의 민족들, 모두모두 카톡에 친추하는, 서비스? 써비스? 같은 친구들이 있어, 이 세계가 마냥 두렵지만은 않았어요.

나를 안심시키기 위해, 나보다 먼저 썩지 않았던 의리의 지우개. 넌 다만 닳아가거나 뭉개졌을 뿐. 돋보기로 『선데이 서울』을 훑어내리던 아버지, 그렇게 빨리 가실 줄 알았더라면, 실컷 정독하시게 했을 텐데.

평생아! 짐만 되던 평생아! 너의 생각이 곧 너는 아니야. 추상은 가장 손쉬운 회피. 그러니까 나는 식탁과 놀고, 강아지와 놀고, 역사는 조금 어렵지만, 어쨌든 나도 역사니까, 눈물겨운 중략 앞두고, 호락호락 썩지 않을 어머니와, 차라리 말라비틀어질 어머니와, 어머니를 탈출하기 시작한 어머니와, 영희, 호철이, 영호, 애란이, 명희, 있었을 수도 없었을 수도 있는 나의 친구들.

아니! 다시 엄지와 검지로 돌아가자. 중지에 받치고 엄지와 검지로 바짝 쥔 노란 연필아, 덕분에 든든하다. 나는 또박또박하고 반듯하게 써질 테다. 뻔하지만 오래도록 풀리지 않는 문제가 될 것이다. 우리 함께 순순히 썩지 않는 노선을 택하자.

방부제야, 스마트하게, 안 아프게, 부탁한다. 오늘과 오늘, 왔다 갔다, 딱 한 번만과 옛다 휴지, 그리고 지금 이 순간의 대영빌라야. 허공으로 가득찬 502호야. 발소리 빼곡한 유령선아. 나는 결코, 저 사거리를 잠식하는 투명한 나무의 거대한 뿌리와는 만나지 않겠다.

붕歌붕歌

우리가 늘 하는 일, 아침 다음, 점심 다음, 저녁 다음, 후식으로, 거짓일 리 없는 태양 아래, 그림자밟기를 하는 아이들. 이 세계 말고는 정말, 아무것도 모를까.

바람이 부나요? 붑니다. 나는 피부로 둘러싸여 있고, 악수를 좋아합니다. 아니다. 이 정도로는 나를 설명할 수 없다.

침대 위에서 붕붕 뛰다가, 천장까지 닿을 듯 붕붕 하다가, 천장을 뚫고 붕붕 솟구칠 때, 구름에 가닿을 듯 붕붕 할 때, 그럴 때도 나는 여기, 정수리 밑에 있는데요. 이렇게, 갑자기, 여기, 있는데요.

그 여기의 동안, 신석기 구석기 후닥닥 달아나고, 가야니 삼국이니 앞다퉈 폈다 지고, 고려를 지나 조선이 망하는 동안, 시조가 사설 되고, 해가 소년이 되는 동안, 기상도 뚫고 오발탄이 날아가고, 학마을 학들 일제히 날아오르며, 수난이 이대를 업고 강을 건너는 동안, 안개가 무진을 기행하고, 난장이가 쏜 공을 군홧발이 걷어차고, 민주가 민중 속으로 행진하는 동안, 똥 묻은 자본이 겨 묻은 자본을 수정하고, 구(舊)개인이 신(新)개인을 탄생시키는 동안, 신(新)개인이 개(個)개인으로 진화하는 동안,

나는 갑자기, 여기, 지금, 여전히, 붕붕중인데요. 수천수만의 아버지들, 어머니들, 두개골 천장 아래를 휘리릭 지나가시고, 난 아직 못다 한 말 너무 많은데, 그 말 다 못하고 아이고아이고 떼창을 들을 것 같아요. 붕붕 뛰는 나를 무정한 괄호 속에 가두고, 달랑 몇 줄로 한평생을 요약하려고,

나한테 막 절하고 꽃 주고 향 피우며, 아이고아이고, 무성의한 송가를, 이 세상에 없는 귀로 들을 것 같아요. 아직 끝나지 않은 이 붕붕은 어쩌하라고.

의심하는 주특기

뭐랄까, 좀더 색다른, 그러니까, 연필, 공책, 이런 거 말고, 미사일, 난민, 이런 거 말고, 엄마, 아빠, 이런 거 말고, 철 지난 셔츠, 인도를 달리는 자전거, 말고, 월식을 보도하는 텔레비전, 신제품을 위해서만 일어나는 혁명, 말고, 삼시 세끼, 제습기, 말고, 태풍에 대비하는 자세, 지도자의 때늦은 결단, 말고, 시곗바늘 돌아가는 것이나, 여름 세일, 입추인데도 아직 많이 덥죠? 같은 것 말고,

우리가 하지 않는, 알지만 모르는, 몰라야 하는, 안녕하세요?와는 다르고, 내일 또 만나!와도 다른, 그것도 모르고 돌아가신 착한 아버지들, 말고, 너도 새끼 한번 키워봐라, 악다구니 쓰는 어머니들, 말고, 이제 몇 칸 안 남았네, 하는 조급함, 말고, 시장이나 극장, 은행, 도서관, 주민 사무소 같은 데를 함부로 떠도는 용기, 말고, 머리 위를 떠도는 먹구름, 바닥으로만 몰려다니는 그림자들, 말고,

습관적으로 빛나는 태양이나, 추억을 잊은 별들의 기계적 떨림, 말고, 보이는 게 전부가 아니라는 객기, 말고, 그래봤자 기교에 불과한 의심, 말고, 하품과 구취로 멋을 부린 오후, 말고, 오후에 기댄 순진한 낮잠, 말고, 이건 분명 아닐 텐데, 같은 헛다리, 말고, 뭔가 다른 게 있을 텐데, 같은 주책, 은 더더욱 말고.

3부

이런 게 바로 집으로 가는 느낌

편식의 속사정

어머니께서 밥 속에 모래 한 숟가락을 넣는다. 잔디도 한 줌, 나무뿌리도 몇 개, 조개껍데기도 약간, 그 위로 날계란 하나를 깨트리고, 양파를 다져 넣고, 마지막으로 침을 뱉는다. 그것이 내가 먹을 밥이 아니라고 생각했을 때는 어머니가 예술을 한다고 생각했다. 심지어 나는 마당을 굴러다니는 개똥을 집어드리기까지 했다.

어머니가 그 밥을 내 앞에 내려놓으셨을 때, 그때까지만 해도 나는, 내 앞에 밥그릇을 놓는 것까지가 식사의 일부라고 생각했다. 그것이 내 앞에 놓여야만 더 사실적이고 진정성 있는 식사가 될 거라고, 그것이 두고두고 회자될 이 식사의 명장면이 될 거라고,

그것도 아니라면, 어머니께서 숟가락과 젓가락을 내 손에 쥐여주시며 골고루, 꼭꼭, 씹어먹으라 하셨을 때, 그것이 놀란 내 눈동자를 클로즈업하며 끝나는 이 식사의 엔딩이 될 거라고 생각했다.

그러나 이 식사의 시작과 마찬가지로 이 식사의 끝은 내가 정할 수 있는 게 아니었다. 자리를 박차고 일어나는 상상 대신 나는 젓가락으로 모래알부터 골라내기 시작한다. 기어코 맨밥을 먹고 말 작정인 거다.

이것이 살아 있는 동안 내가 어머니께 보여드릴 수 있는 식욕의 전부다. 그러니 제발 내가 편식을 한다는 오해는 하지 말아주시길.

어젯밤 귤

어젯밤 꿈에 갑자기 귤이 나왔어. 귤을 귤이라고 부르는 사람도 나왔어. 귤을 귤이라며 파는 사람도 나왔어. 귤을 귤이라고 사는 사람도 나왔어. 귤은 모르면서 귤을 가르치는 사람도 나왔어. 귤은 모르면서 귤을 읽을 줄 아는 사람도 나왔어. 귤을 까먹으면서 귤을 못 믿겠단 사람도 나왔어. 이 세상을 귤 이전으로 되돌리겠다는 사람도 나왔어. 계수나무 대신 귤나무를 심겠다는 사람도 나왔어.

귤을 처음 발견했다는 사람이 나오자 야유가 쏟아졌어. 귤을 처음 만들었다는 사람이 나오자 사방에서 귤을 던졌어. 이 모든 귤들이 다 너 때문이야. 나는 꿈의 한 귀퉁이를 찢어 뭉친 다음 그 사람에게 던졌어. 새콤달콤한 세계에 대한 책임을 엄중히 물었어. 하지만 그 사람의 대답은 여기저기 귤 삼키는 소리에 가려 들리지 않았어.

나는 아니꼬운 마음에 귤 하나를 느릿느릿 주워 들었지. 멋지게 터뜨려주고 싶었는데 군침부터 고였어. 귤은 내 앞에서 귤답기 위해 필사적인 것 같았어.

천재 스킬

집으로 가는 길보다 가지 못하는 길이 더 쉽다
누가 내게 물으면 말한다 조심해라 난 주소가 있어

부랑자는 아니지 떠돌이도 아니고 고아도 아니야
기억상실자는 더욱 아니지 난 홈타운이라는 게 있어

이미 썩은 자와 썩어가는 자를 한 쌍으로 하는 평범한
부모라는 게 나는 있어 잘 봐라 난 지금 브레이크를 밟지
난 지금 차선을 바꾸지 눈을 씻고 봐라 난 지금 속에 있어

나는 집 없는 사람들끼리 모여 만든 텅 빈 동네를 알지
텅 빈 동네들이 모여 만든 소문의 나라를 알지

출구 없는 일방통행 도로에서 마냥 늙어가는 저주도
구원을 모르는 사람들끼리 모여 만든 구원의 밀약도
비밀을 아는 채로 태어나는 것이 더 비밀스럽다는 것도

난 비록 집이 없지만 집이 있는 사람들보다 더 많이
집으로 돌아가보았다 수십 년째 하루도 빠짐없이

이미 썩은 자와 썩어가는 자를 한 쌍으로 하는
평범한 4와 6 사이의 5, 7과 7 사이의 럭키

모르는 것은 오직 한 가지
나머지는 모두 내가 아는 것

끝이 처음을 장식하는 방법

이 길의 끝에는 정말 너가 있었으면 좋겠다 너가 아니라면 어머니의 녹내장이라도 있었으면 좋겠다 아버지의 『선데이 서울』이라도 있었으면 좋겠다 사범대학 다니던 국이 삼촌이라도 있었으면 좋겠다 서부국민학교 철문이라도 있었으면 좋겠다 〈쾌찬차〉 예고편이라도 있었으면 좋겠다 리비아에서 돌아오는 학기 오빠라도 있었으면 좋겠다 오렌지색 흔들샤프라도 있었으면 좋겠다

이렇게 감쪽같은 길의 끝에는 공장 간 창숙이라도 있었으면 좋겠다 목장갑 삼키려다 혼쭐난 잡종 개 빅꾸라도 있었으면 좋겠다 풍차제과 크로켓이라도 있었으면 좋겠다 영희네 가는 11번 버스라도 있었으면 좋겠다 걸어가는 동안 나는 점점 더 늙고 다리를 절겠지만

이 길의 끝에는 식모 하던 경희 언니라도 있었으면 좋겠다 경희 언니와 혼담이 오가던 서후의 창섭 오빠라도 있었으면 좋겠다 삼각끈 매기 교련 시간이라도 있었으면 좋겠다 이 연사 소리 높여 외치는 공산당은 싫어요라도 있었으면 좋겠다 보이 조지를 납작 누르던 몽블랑의 코팅기라도 있었으면 좋겠다

이 길이 사실이 되려면 제발 법상만화 하이틴 로맨스라도 있었으면 좋겠다 신문지에 싼 코텍스라도 있었으면 좋겠다 실내화 비벼 빨던 내 두 손을 위해서라도 철도 관사 뒤란에 세워진 하이타이를 위해서라도

이 길의 끝에는 제발 『산수완성』이라도 있었으면 좋겠다

해답지 몰래 베껴 적던 동아 연필이라도 있었으면 좋겠다

실종의 기교

우리는 아주 잠시만 너와 나가 되기로 했는데
하얀 천장 사각 태양이 세 개, 삼각 달이 네 개

당연하지 않은 풍경 속에 함부로 나를 그려넣고
누군가 강제로 색칠을 한다

열병이 도진 아이를 다그쳐
이 국면의 주인공으로 삼는다

평범한 칼이 신속하게 피부를 가르면
담겨 있던 피는 쏟아지고 비로소
진범 없는 〈수사반장〉이 시작된다

인물과 배경은 그럴싸한 비명을 나눠 갖고
이야기는 행간의 목을 쥐어짜며

그 살이 나의 살이 아닐 때
그 피가 생각보다 너무 많이 쏟아질 때
쏟아지는 그 피에 아무 감흥이 없을 때

사건은 좀더 극단으로 치닫는다

이야기가 양산되고 활짝처럼 펼쳐지고

나는 단단히 뭉쳐지거나
모래알처럼 흩어져버린다

해변으로 달려가는 바람의 마음을
이제는 알겠지

존재만 남고 껍질은 홀딱 벗겨진 바람이
왜 그렇게 흐느끼듯 불어대는지

흩날리는 몸을 쓸어담으려는 노력과
형태 없이 투명한 몸짓 때문에라도

살아 있는 채로 발자국을 지워보겠습니다
가격 비교에 밤을 지새우며
아무도 모르게 이마가 넓어보겠습니다

틈틈이 봉사도 곁들이고
때론 관리소장의 말도 녹취하면서
불법주차 고발을 남발하고 탈당과 복당을 번복하면서

오래도록 순삭되어보겠습니다

드라이브 멜랑꼴레리

뒤꿈치가 삐딱하다
어떤 방향으로 닳아간다

전등 아래 잠깐 서 있는 동안
개나리들 노랗게 아우성치다
켁— 시든다

니스칠을 한 벽지 속에
빳빳하게 갇힌 구름

어깨가 좁은 사람과 말다툼한다
늪에 빠진 것처럼 두 발은 느리고

고양이가 빠져나간 고양이 위로
녹기 쉬운 시간이 내려 쌓인다

옆 좌석에는 누군가 앉아 있다

뒤꿈치가 조금 더 삐딱해진다
어떤 방향을 향해 기울어간다

창밖으로 손을 뻗는다

손에게 손을 가르쳐주는
냉정한 바람

가로등이 비추는 어떤 사실의 옆으로
벽에 기댄 채 어깨를 들썩이는 그림자

우는 것일까 웃는 것일까
멈출 수도 없으면서 뒤돌아본다

눈부신 사생아

눈이 부시다

어디서부터 잘못된 걸까
흔하디흔한 눈물이 난다

어깨가 눅눅한 채로
하루가 간다

거실 바닥을 울리는 발소리
맨살에 와닿는 바닥의 감촉

거짓말이 거짓말에게 하는 참말

당신이 태양이라는 확신만 있다면
가지를 비틀어 뻗는 일이
이토록 두렵지는 않을 텐데

맨 처음 나에게
나를 버리고 간 사람은 누구일까

뿌리 없는 자식이라고 제발
누가 좀 놀려주었으면

이제는 나도 다 컸으니 제발

출생의 비밀 같은 것
사실을 말해주었으면

무식한 비닐봉지

개가 개를 빠져나간 자리
자동차로 뭉개고 간다

넌 받아쓰기에 능숙하다
받침에 대해서도 잘 안다

이것이 책상이라는 걸 모르는 너는 없다
모르는 생쥐는 있어도
모르는 참새는 있어도
모르는 너는 없다

그때 전등은 왜 끈 것인지
텔레비전 불빛은 왜 틀어막은 것인지
버스에 군인은 왜 올라온 것인지
산수책에 왜 승냥이는 나온 것인지

어떤 유년은 그렇다
어떤 유년만 그렇기도 하다

설사 그렇지 않더라도
해가 지는 것을 모르는 너는 없다
모르는 필통은 있어도
모르는 사마귀는 있어도

모르는 너는 없다

나무 속에 집을 지은 선생께서는
너를 애교라 하실까
기교라 하실까
수법이라 하실까

그것이 무엇이든 난 안 뛰어내린다
10층에서 안 뛰어내린다
100층에서도 안 뛰어내린다

하루하루 더 높이 올라간다

이 투명한 계단을 모르는 너는 없으니까
모르는 비닐봉지는 있어도
모르는 빗자루는 있어도

모르는 너는 없으니까

해석의 오류

머저리 같은 손, 엉덩이가 따뜻하다니, 플라스틱 막대를 부여잡고, N극과 S극의 유래를 밝혀보라니, 싸움에서 진 뒤 꽤나 분했던 듯, 가로등 켜진 곳은 왜 밝은 것인지, 그림자는 왜 어둠으로만 가득차 있는지,

날 버리지 않겠다고 했으면서, 바퀴 달린 이 소파 편하다고 했나? 발등에 묻은 모래, 속절없이 씻기기나 하고, 추월차로에선 앞지를 수 있다길래, 영원히 그런 줄 알았지, 투명해진 얼굴에 물감이나 좀 뿌려볼까,

해석은 남은 자의 몫, 남고 싶어 아주 안달이 난 자의 몫, 이름으로 덕지덕지 아가리를 막아봐요, 여긴 밤이라고 부르는 시간, 몇만 년 전 만난 적 있는 그림자, 화살표를 따라가라고 했지,

옆자리에서 나는 소리 알 것 같아, 너는 귀를 두 개 가지고 있고, 이런 게 바로 집으로 가는 느낌, 나는 눈을 두 개 가지고 있고, 이런 게 바로 어제의 나에서 오늘의 나로 이어지는 느낌,

시간 될 때 하늘나라에서 한번 만나, 심장을 다독이는 이 손의 정체를 밝혀야지, 그런데 이건 천원짜리 한 장 아닌가, 오백원은 더 내줘야 계산이 맞지.

불사과한 꿈

그 사과 정말 너무 사과해. 언제부터 사과였냐고 사과한 게 그렇게 사과할 사과였나. 사과나무에 매달려 사과깨나 하더니 진짜 사과라도 된 줄 알고. 아무리 사과해도 사과는 사과야. 그걸 모르는 사과는 사과 같은 사과들뿐이지.

때로 너무 사과해서 사과하기 힘든 날엔 하던 사과를 그만 멈추고 가만히 사과해봐. 아무 사과도 사과하지 말고 오로지 사과만 사과하면서. 그래도 사과하면 그때 사과해도 사과하지 않아.

킥보드 타는 사과들을 봐. 언제 사과할지 모를 사과 속에서 제 모든 사과를 걸고 달려. 하긴 사과가 사과한 게 그렇게 사과하다면 그게 더 사과할 일이지.

그러니 이제라도 그만 사과해. 아무리 사과해도 사과는 사과하지 않아. 사과를 먹는 사과도 사과를 파는 사과도 사과를 심는 사과도 더이상 사과하지 않아.

이제껏 사과로 사과하며 사과한 게 있다면 살아서 사과 밖으로 사과한 사과는 한 사과도 없다는 것. 사과 밖에서 사과하는 건 절대 불사과하다는 것. 그러니 그냥 깎아먹어.

포도의 신기술

이봐요 나 알죠?
어제도 봤잖아요

창문을 사이에 두고
한순간 같이 흘렀잖아요

딸기는 빨간색이라고 박수를 치며 날뛰더니
모가지 위에 얹힌 게 당신 얼굴이라고 칩시다

설마 내가 내 손도 모를 리가요 걱정 마시고
근데 이 입은 정말 입을 닮지 않았나요?

하긴 손가락 옆에 손가락 하나 더 있다고
뭐가 달라지나요

그것이 무엇이든
지느러미라고 쓰고 읽어버리면 그만인데

밖에서 보면 다 갇힌 것 같아도
안에서 보면 꼭 그렇지도 않아요

여기서만 푸른 하늘인 건 이제 비밀도 아니죠
풀이 과정은 밝혀진 게 없지만

웬만한 정답은 다 유출됐으니까

하지만 대부분은
포도 때문에 못 나옵니다

배가 불러서도 그렇고
배가 고파서도 그렇고

서로들 고맙겠죠
덕분에 농장은 사시사철 북적거리고

감쪽같다지요
포도맛 말입니다

콧물의 세계

구멍난 양말을 꿰매며, 구멍에게 진다
엎질러진 물을 닦으며, 엎질러진에게 진다

피 묻은 팬티를 빨며, 팬티에게 진다
텅 빈 밥솥에 쌀을 안치며, 텅 빈에게 진다

개수대 가득 설거지를 쌓아올린다
욕실에 곰팡이 번지도록 그냥 둔다

고무장갑 끼지 않고 이겨보려고
유한락스 넣지 않고 이겨보려고

텔레비전은 그러다가 켠다
엄지를 가만 누르는 전원의 둥근 설득
아홉시 뉴스가 전하는 사실들의 승전보

눈물은 그러다가 흐른다

눈물을 닦지 않고 이겨보려다
그만 훌쩍
콧물을 들이마신다

콧물에게 진다

4부

안녕이라고 할 때는 다들 입 같은 걸 사용하지 않던가요

발가락 마술

소파에 앉아 있다
왼발 위로 오른발을 포갠 채로

빨래 건조대에는 내가 아는 내복들
텔레비전 리모컨의 음소거 버튼을 누른다면
그건 내가 거실에 있기 위한 어떤 조건일까

창문이 내 오른편에 있는 것은
밤 속에서 묵묵히 빛나는 가로등은
주소를 생각하면 절로 떠올리는 머리와
왼발을 누르는 오른발의 기다란 무게는

지금 이 소파에 앉아 있기 위해 내 뼈는 자라났고
지금 이 소파에 앉아 있기 위해 내 유년은 망가졌고

가슴을 짓누르는 따돌림에 대한 걱정은
내 앞에 놓인 탁자와 함께 정녕 사실

지금 이 소파에 앉아 있기 위해 생리는 시작되었고
화장실을 사실로 만들기 위해 나는 요의를 느끼고
요의를 사실로 만들기 위해 나는 오줌을 누고
오줌을 사실로 만들기 위해 나는 팬티를 적신다

슬리퍼를 신기 위해 발가락이 자라난 것은 아니라 해도
결국 당신은 눈물을 위해 눈동자를 글썽이며
박수를 위해 손바닥을 마주치게 될 것이다

둔갑술 사연

도화지 하단에 한 줄 가로선을 긋는다
땅 위와 땅 밑을 구분 짓는다

하늘을 표시하기 위해 뭉게구름을 그린다
번개는 갑자기 땅을 향해 내리꽂힌다

어머니는 황급히 허리 뒤로 양손을 숨긴다
반달 모양 입속에 납작 수그린 붉은 혀

땅속에는 한 분의 아버지가 누워 계신다
내 손을 감싸쥐는 그분 손에
보드라움과 온기를 떡칠한다

이 시간의 사각 화폭 안에서는
무엇도 썩지 않고 배길 수 없다

땅속으로 손을 넣어 아버지 얼굴을 더듬는다
감은 눈을 그리는 것은 아이들 잘못이 아니다

이 시간의 사각 화폭 안에서 썩지 않는 것은 없다

이제 막 태어나는 빨간 아기도 예외는 아니다
그것이 한스러워 우는 아이에게 어머니는 젖을 물린다

기어코 배고픈 아이로 둔갑시켜 한평생 휘황찬란
오해로 시간을 덧칠하게 할 작정이시다

구름이 새겨진 벽지

바닥은 옳다
세게 구르면 소리를 낸다

유리컵은 어떤가
떨어뜨리면 깨진다
깨진 조각에 살을 베인다

피가 난다
붉은색은 언제나 옳다

팔이 피켓을 흔든다
흔들다가 떨어뜨린다

쿵— 소리는 옳다
여기는 허공이 아니다

시장으로 간다
시장으로 난 길을 걷는다

바람이 분다
머리칼이 날린다

나는 허튼소리를 하지 않는다

나는 허튼 세계의 사람이 아니다

되도록 보편의 쪽에 서는 편이지만
골몰한 채 외따로 소모되는 것에는 찬성한다

하지만 고민도 오래되면 추상이 된다
불분명해진다 안개가 된다

창문에서 뛰어내리는 것이
뛰어내리겠단 결심보다는 백배 낫다

조금만 방심해도 바닥은 희미해진다
경계는 사라지고 허공에 서게 된다

허공의 문양이 된 구름을 보게 된다

이상하지 않은 아침

너무 오래 이상하지 않았다

왼쪽 오른쪽 다섯 개씩 열 손가락
숨쉴 때마다 나는 숨쉬는 소리

아까는 운전을 해서 도서관을 다녀왔다
상인동에 잠깐 살았던 적이 있는데
계산성당 옆에는 이제 초가집이 없다
트렁크에는 쓰레기가 가득차 있고
거실에는 지금 전깃불이 환하다

소파의 빵가루를 수건으로 털어낼 때
한 손으로 허리를 짚었다
나는 아직 아버지의 이름을 기억하고
어머니에겐 간간이 친밀감도 느끼는데
형제들은 모두 장성했고 어디 사는지도 알지만

이상하지 않은 지가 너무 오래되었다
입속에 밥을 넣고 씹다가 삼키는 것도 그렇고
넘어져 생긴 상처에서 피가 나는 것도 그렇고
자고 일어나면 선뜻 아침이 와 있는 것도 그렇고
이대로 오줌 누다 끝나더라도 그러려니 할 것 같다

태양을 등지고 터벅터벅 걷다보니
다리는 관절 때문에 구부러지는 게 분명한데
벌써 쓰레기차 올 시간이라니
종량제 한 봉지가 될 시간이라니

그래도 약속은 잘 지키는 편이어서
아침마다 내가 되는 일을 빠트린 적은 없지만

플라스틱 재능

이 사과를 안다, 이 그림자를 안다
이 커피를 안다, 이 책상을 안다
저 어머니를 안다, 저 아버지를 안다
저 눈짓을 안다, 저 눈물을 안다

연필을 쥔 손가락, 운동화에 걸쳐진 바짓단
시계를 숨긴 소맷부리, 가르마 탄 옛날 여인과
버려진 변기를 안다, 어둠 속으로 뻗은 아스팔트
눈물처럼 맺힌 가로등, 푸른 정맥 속을 달리는 시간
악수하며 받은 명함과 당신의 서운함을 안다

등을 돌린 몇 개의 관계와 질끈 감은 눈동자
누군가 나를 한 대 쳤다는 것도
그것이 어젯밤이라는 것도
오늘의 이 얼굴이 어제의 그 얼굴이라는 것도

그러므로 안다
사과도 썩고 사과를 칠하던 손도 썩고
바구니만 남게 되었을 때
어젯밤을 기억하는 건 바구니뿐이라는 걸

플라스틱뿐이라는 걸

손의 심정

태양이라 쓰고 눈부셔봅시다
달이라 쓰고 소원 빌어봅시다
집이라 쓰고 들어가 살아봅시다
어머니라 쓰고 미끄덩 태어나봅시다

안녕이라고 할 때는 다들
입 같은 걸 사용하지 않던가요
걸어갈 때는 심지어 뚜벅뚜벅 한다면서요
한숨도 심장이 뛰는 동안의 일일 뿐이라며
감사하라기에 확 삐쳐버렸습니다

깨닫고 난 다음에는 물론 낭떠러지겠지요
낙하의 속도 평화로운 어느 오후겠지요
오래도록 평화롭게 추락하기만 하겠지요

그래도 처음부터 입을 알고 있었던 척
불안이라고는 없는 저 반듯한 가슴을 보니
당장이라도 네 등분하고 싶은 기분입니다

손을 사용하는 심정이야
굳이 말해 무엇합니까

입을 사용하는 노래

할 수만 있다면 그랬으면 좋겠다
겁이 많아서가 아니다
누가 아무것도 모르고 싶겠는가
무슨 스무고개도 아니고
전부 다 알고 있다고 믿었을 텐데
오죽하면 거울을 보다 비명을 질렀겠나
아까 맞은 뺨이 아직도 얼얼한데
당신 벌써 손을 들어올리고 있다
달력을 쏠고 있는 쥐가 왜 내 책임인가
바람소리만으로 부족한 것이라면
모닝커피나 입산 금지 같은 것도 있다
탄수화물이나 멘소래담은 어떤가
더이상 어떻게 여기를 설명하나
아까부터 저 노래 따라 부르고 있으면서
얼굴 안에 있는 입을 움직이고 있으면서

없는 목격자

네까짓 게 감히, 일개 문자로 감히, 증명해보겠다니, 보이든 안 보이든 이 모든 게, 내일이면 다시 처음부터라니, 오래된 별이 시시각각, 저지르는 거짓말, 서로가 서로를 목격하는 불가능한 가능, 너 때문에 내가 없어질 수가 없어, 마음 약해서 귀신은 되지 못하고, 떠돌다가 떠돌다가 들키지도 못하고, 그렇다면 보란듯 눈앞에서 잊어줄까?

까짓 텔레비전아, 냉장고야, 방바닥아, 책상 모서리야, 깡그리 잊어볼까, 그래도 나는 은행 이자를 부정 못하고, 빨간 신호등을 무시 못하고, 잘못 보이면 맞을까봐, 잘못이 생겨날 때까지 맞을까봐, 잘못 그 자체가 되어버릴까봐,

그냥 조용히, 추상으로만 살 수 있었다면, 팔다리 필요 없이 대가리 하나로 끝났겠지, 상상만으로 지어진 이 세계는 분명 아닐 거야,

아침 준비를 할 때, 손이 차가운 것은, 찬물 때문인가, 손 때문인가, 설마 거짓일 리 없는 나 때문인가, 콩나물 같은 것, 감자볶음 같은 것, 속아도 속아도 계속 믿고 싶은, 지금 내 눈앞의 이 순간 같은 것, 지금 이 순간의 내 얼굴 같은 것.

얼굴의 목적

모니터에 비치는
아무도 안 지키는 얼굴

공책 연필 지우개보다 못한
책받침 유리컵 필통보다 못한

식탁보의 얼룩보다도 불확실한 얼굴에게
딸기를 설명하는 영광을 줘볼까

언제나 정면을 쳐다볼 필요는 없어
이 세계의 눈동자는 잠시 뽑아두시고
재빠르게 식어가는 손바닥에 무엇을 쓸까

아직도 믿고 싶은 게 남았다면 그건
번번이 자정에게 속는 신데렐라의 탓

끝이 뻔한 달리기에서
왜 이렇게 가슴은 두근거리나

안 돼 달리면 안 돼
땀을 흘리면 내가 너무 진짜 같잖아

어머니를 불러 손등 위로 불거진

핏줄을 보여드리자
날마다 가짜 같으면 곤란하니까

그런데 눈이다
옛날에도 내리던 진짜 눈이다

다만 녹아 사라지기 위해
차갑게 태어난 것처럼

방금 내 얼굴이 나에게
지어 보인 사실의 표정처럼

온 힘을 다해 내리는
눈이다

진짜 냉장고

평생이란 말 쉽게 쓰지 마. 순간순간 다 살아본 것 같지? 평화동 그 얼굴 계속 자라서 지금 그 얼굴 된 거 같지? 친구가 꼬박꼬박 이름 불러주니까 어때? 너라고 손가락질해주니까 좋아? 어제 먹다 남은 국 오늘 또 먹으니까, 어제 벌어졌던 입 오늘 또 벌어지니까, 팔목 끝에 대롱거리는 게 네 손 같지? 색종이 구기던 고사리손이 어느새 자라 혼자 똥 닦는 다 큰 손이 된 거 같지? 게다가 아는 책상도 있고 아는 의자도 있고 아는 냉장고도 있고 그러니까 목 위에 머리 붙어 있는 게 당연한 일 같지? 여기가 제법 집 같고, 날마다 돌아오는 게 이상하지 않지? 어제 열었던 문 오늘 또 열고 어제 봤던 언니 오빠 오늘 또 보고 어제 먹은 저녁 오늘 또 먹다보니 이 집이 더 진짜 같지? 네 얼굴이야 뭐 말할 것도 없고.

트럭 신봉자

완전한 문장을 쓰는 것은 어려워요. 주어나 동사의 선택은 물론이고 뭘 쓰고 싶은지, 뭘 쓰기 싫은지, 쓰고 싶은데 못 쓰는 건 뭔지, 쓰기 싫은데 써야 하는 건 뭔지, 어려워요. 완전히 미치기는 어려워요. 밥도 먹어야 하고, 쇼핑도 해야 하고, 기분 나쁜 건 기억했다가 말대꾸도 해야 하고, 완전히 잊어버리기는 어려워요. 논공 가는 버스도 기억해야 하고, 서문시장 가까운 환승역도 알아둬야 해요.

완전히 버리기는 어려워요. 아까워서가 아니에요. 저마다의 사지 속에 담긴 아이들을 보세요. 제 나이의 눈금에서 찰랑거리고 있어요. 저 인부들 지금 저렇게, 사다리 타고 올라가 가지치기하고 있어도, 남기는 가지는 따로 있어요. 남겨진 가지의 의무는 따로 있어요. 통째로 뽑는 건 쉬워요. 뽑히는 것도 쉬워요. 나무가 나무를 잊는 게 어려울 뿐이죠.

완전히 미워하는 건 어려워요. 어쩌다 하늘이 감동을 줄 때도 있다고요. 구름이 신기해서 나도 모르게 넋 놓고 쳐다볼 때가 있다고요. 그럴 때 난 구름이 새겨진 이 천장의 벽지를 완전히 미워하지는 못해요. 보도블록 다닥다닥 붙여진 땅바닥 위에서 나도 모르게 억새 사이로 달맞이꽃을 찾을 때도 있다고요.

완전히가 어려워요. 봐요. 난 지금도 안전거리 유지하며 저 트럭을 따라가요. 냅다 들이받지도 못하고. 눈앞의 트럭을 믿지 않기란 어려워요. 완전한 문장처럼 어려워요.

거울 깨는 어린이

새로운 결심이나 한번 해볼까
새삼 익숙하지 말까 하는 새로운 결심이나 한번

이를테면 502호 가는 계단과 대곡역 3번 출구
세탁조 세제와 X노트 방과후 스도쿠에 대해
아나모포시스 디자인이나 경동의 여름 난방수 온도
신옥포 대성베르힐 분양가나 수목원 경유하는 급행 8번
퇴행성관절염이 시작된 약지와 아버지의 기일에 대해
새삼 익숙하지 말아볼까

내게 응석을 부리는 어머니와
시간을 거슬러 헤엄치는 어머니가 있다는 것과
이 세계에서 덜컥 이루고 만 소소한 일가와
불현듯 잃어버린 부레와 아가미에 대해
점점 가라앉아 땅 위를 걷게 된 두 발에 대해서도
익숙하지 말까

오식과 의식, 증명사진과 영정사진
숨을 참으면 이상하게 답답하고
숨을 쉬면 희한하게 편안한 것

창문 밖으로 흘러가는 구름, 밤이면 빛나는 달과 별
없는데 있는 바람, 멈추기 직전까진 온몸으로 구르는 깡통

냅다 걷어차는 신발과 중심을 관철하는 종아리
연합내과 주차장 버려진 소파 옆
삼삼오오가 만들어내는 담배 연기까지

안 익숙해볼까
멕시코산 바나나와 칠레산 포도까진 덤으로
익숙하지 말까

수십 년 낮밤을 가리지 않고 보아온 이 얼굴
통째 가둔 욕실의 거울을

새삼 낯설게 낯부끄럽게
깨뜨려볼까

허공의 맛

물에 산다고 다 물고기가 아니다
그물을 사용하는 것이 언제나 손은 아니듯

별이 빛난다고 해서 어둠을 모르겠는가
구름은 하늘에 대해 얼마나 알고 있나

나무는 처음 나가본 나무의 바깥을 끝내 모른 채
태양이 숨겨놓은 맛을 찾아 기웃거리는 그림자들

너에게 인사했지만 너를 아는 건 아니었다
우리에게 어머니가 있다는 것은 무슨 뜻인가

어떤 정오에는
손등을 꼬집는 손가락을 부정해본다

따가운 것이 아니라 따갑지 않을 수 없을 뿐
사실이 아니라 거짓이 아닐 수 없을 뿐

그러니 맨얼굴로 허공을 견뎌보라는 선생께서는
나무 속에서 영원히 돌아오지 마세요

영원이라는 말이 없어질 때까지

5부

어떤 휴지가 콧물을 의심하겠는가

나는 힘이 세다

정수리 끝까지 부글부글
끓어오르는 거품

무슨 일이 일어나는 중일까

책상은 어제 치워놓은 그대로
드 롤르봉 후작*의 연대기라도 쓰면서
구식이 된 『구토』를 견뎌야 하나

어제 봤던 아이 오늘 다시 마주쳤을 때
두려움에 어깨를 떨었지만

언제 펑— 터질지 모르는 얼굴을 달고
이 방 저 방 잘도 떠다니는 걸 보면

이 경련의 정체는 웃음 같기도 하고

개미 대가리를 물고 기어가는 개미
비유로는 읽지 말라는 심장의 경고

사실에 기대 비사실의 세계를 견딘다

아침부터 놀이터에서

팽이 돌리는 옆집 쌍둥이를 보면
여기가 진짜 우리 동네 같다

청국장을 산다 홍삼맛 크런치도 산다
사탕 껍질은 화단에 버리고
영수증은 지갑 속에 구겨넣는다

밤이면 엎드린 채 일기를 쓴다
이 모든 일들이 마치 오늘 일어났다는 듯

나는— 나는— 하고
신나게 남발한다

* 장폴 사르트르의 소설 『구토』의 로캉탱이 쓰는 전기의 주인공.

콧물에 대한 신념

팔 속에서 팔이
찰랑찰랑거린다

다리 속에서 다리가
출렁출렁거린다

멀리 가로등 불빛처럼
애처롭게
몸안을 밝히는 심장

이 얼굴 하나를
사실로 만들기 위해
살아온 수십 년

혹시 들켰을까
나는 나에게
단 한 번의 사건이라는 걸

갑자기 발을 멈춘다

내 속에 담긴 나를 쏟지 않으려
안간힘을 쓰느라 불거진 뼈마디

버스를 기다리는 저 할머니는
도대체 무엇을 포기하셨기에

아무때나 쏟아져도 상관없다는 듯
코를 풀고 계신 것인지

하긴 어떤 휴지가
콧물을 의심하겠는가

눈물의 방향

아직 이 세계를 다 걷지 못했는데
발바닥은 벌써 너덜너덜하다

낡은 바짓단처럼 몸 여기저기
올이 풀리고 있다

그래도 일기는 쓰기 싫다
이 세계의 시간에 기대는 것은 싫다

거울 속에 거울이 있는 것도 싫다
플라타너스가 플라타너스인 것도 싫다

편지 봉투에 받는 사람을 쓴다
시계의 건전지를 갈아끼운다
옆집 할머니와 인사를 주고받는다

그래도 목줄을 끌며 돌아다니는 개는 싫다
난간에 걸터앉아 시시덕대는 아이들은 싫다
결국에는 집이 튀어나오는 뻔한 골목은 싫다

그래도 잠은 온다

잠이 오는 모든 곳에는 언제나

꿈에 중독된 눈동자가 있고

어젯밤의 눈물 위로 다시
오늘밤의 눈물이 흐른다
아무리 싫어해도 흐른다

오래전 사과가 그러했던 것처럼
위에서 아래로 흐른다

노인의 탄생

어머니를 선택할 때는 신중해야 한다

어떤 이름으로 얼마를 살게 될지는
언제나 알 수 없는 일

심장을 얻는 과정을 견디지 못하고
동굴을 뛰쳐나가면

순식간에 흩어져

나무에 섞여들고 구름으로 흘러든다
땅으로 스며들고 꽃으로 흐드러진다

하나가 되어본 게 언제이더라
'나는' '나는' 해본 게 언제이더라

한 이름 속에 모여 알뜰살뜰
지내는 기분이란 게 무엇이더라

원 없이 들숨 날숨 하고
날마다 팔다리를 가지고 논다

따뜻한 피부를 머리끝까지 덮어쓰고

곤한 잠에
빠져든다

이제 그만 툭툭 털고 일어나라는
어머니 말씀은 못 알아듣고 싶다

심장을 가진 채 오래도록
이 세계에 남고 싶다

귀가 어두운 채로
온몸이 쭈글쭈글해진다

아버지와 코렐

우리 아버지 며칠 전 끝이 났다
생겨난 지 74년 만에 도로 없어졌다

장렬하게도 아니고 비운의도 아니고
천재적인도 아니고 불세출도 아니고
애석하게도 아니고 억울하게도 아니고
한 나라를 잃은 것이나 마찬가지인도 아니고
후대에 길이 남을도 아닌 우리 아버지

암 병동 침상 위에서
끝이 났다

그는 19살까지 할머니 무릎을 베고 자던 손자였고
자신의 아버지보다 일 년을 더 살고 싶어했던 아들이었고
이혼한 딸과 그 딸의 딸을 지극히 사랑했던
아버지와 할아버지였다

그러나 코렐보다도 단단하지 못했던 사람
우리의 죄 많은 손끝에서
순식간에 미끄러졌다

이 세계의 시간 밖으로
쨍그랑

익숙한 비명을 내며
산산조각이 났다

눈물 따위가 함부로
가닿을 수 없는 곳으로
부서져내렸다

자화상

무엇으로 이 얼굴을 설명할까

지우개 자전거와 나무 바람 새
해가 뜨면 세 번 아침 점심 저녁
엄마를 부르는 시간

나뭇잎을 흔드는 게
바람이 아니라면

무엇일까 하루라고 부르는 이것은
이 공포와 지겨움과 평화는
안과 밖이 공존하는 이 유리상자는

무엇일까 한 얼굴 속 두 개의 눈동자는
어깨를 치는 이 사람들과 작별인사는
검은 눈물로 만든 길과 채찍자국은

무엇일까 모르면서 이 아는 척 하는 것은
없으면서 있는 척 옷을 걸치는 이것은

태양이 지나가는 길 위로
사과는 사과로 사과를 속이고

너 때문이야 너
말을 할 줄 아는 너

눈동자를 찌른 것은 고맙게도 나
유리창 속 실금을 내며 깨지는 입

무엇으로 이 비명을 설명할까

집 걱정 신데렐라

화장실 천장에 뚫린 구멍
거실 바닥 흙 묻은 발자국

시간 속 곤히 잠든 아이들
방방마다 진행중인 친근한 익사

내일을 만나서 할 말은
이미 준비되어 있다

나는 모든 것이라고 할 때의
'모든'에 대해서도 잘 알고 있다

숨길 아무것도 없다
숨을 아무데도 없다

외출 준비를 위해 화장대 앞에 선다

진짜 밖으로는 한 발짝도 나가본 적 없으면서
방금 뜯어낸 얼굴을 옷장 속에 쑤셔박는다

거울 속 휑한 모가지
허공이 보여주는 시간의 맨얼굴

서랍 속 얼굴 하나를 꺼내
모가지 위에 꽂는다

이것은 자정까지는 꼭
이 얼굴로 돌아오겠다는 약속

자정까지는 이 집도
지금 그대로여야 한다는 약속

붉은 사과의 습관

있잖아요 아까라는 말 이제 알 것 같아요
과거를 회상하며 지금 속에서 흘러갈 때
당신은 강해 보여요

물론 방금 보신 건 제 엄지가 맞지만요
여기선 다들 그렇게 불러요

갑자기 태어나서 그런 건지
시시하지만 두려운 것투성이에다
싸우고 싶은데 이길 자신은 없지요

시도 때도 없이 주먹을 불끈 쥐는 건
이 별에 와서 생긴 습관입니다

붉은 사과를 사용할 줄은 알지만
그런데 사과는 어쩌다 생겨난 것인가요

아버지처럼 질질 끌려가기 전에 보란듯
땅 꺼지게 박차고 일어나야 하는데

더 있고 싶어 그런 게 아니라 진짜
아까부터 누가 나 부르지 않나요?

다들 여기 왜

그냥 와본 거예요. 그냥 어쩌다 한번. 왜 왔는지는 모르겠고, 어떻게 왔는지는 더 모르겠고, 의미 같은 건 선생님께 여쭤보세요, 전문가시니까.

일부러 그런 건 아니에요. 그 친구랑 놀기 싫어서, 그래서 그냥. 이유가 뭐냐니요, 싫은 데 이유 있나요, 좋은 데 이유 있나요, 그렇게 궁금하면 그 친구 어디 사는지 어머니가 알아보세요. 시간은 뭐 거저 흘러가나요, 한번 해본 소리 갖고 따귀는, 언제부터 알뜰살뜰 챙겼다고, 진짜 딱 한 번이라니까요.

의도는 무슨, 어쩌다 한 번 태어나본 걸 갖고, 길길이 날뛰기는 어머니도 마찬가지면서, 처음부터 여기 이 자리에 꼭 그 얼굴로 태어나려 했던 척 좀 그만하시고, 아무 길에서나 싹을 틔워 아무 꽃이나 피우더라도 내버려두세요.

아무 꽃은 뭐 그냥 피는 줄 아시고, 그냥 한번이 평생 한 번인지도 모르시면서, 어머니야말로 지금 여기서 뭐하세요? 이 화들짝 놀랄 세상에서 매일매일.

가위바위보

유리창이 흔들린다
이 세계의 유리창

나는 바람에 스치우는
피부를 가지고 있다

우물 속에는
낡은 얼굴의 사내

여기는 해방 이후의 소파
돌을 던지면 거울이 깨지는 세계

예상과 일치하거나
어긋나는 현상을 목격하고

운이 좋다거나 재수가 없다는 말을
덧붙일 수 있는 세계

빨리 상하는 피와
창백한 손목이 있고

태양과 달을 나는 한 번도
이겨본 적이 없는 세계

오늘 하루만 더 나무

나무, 그것은 이미 벌어진 일이었다

어딜 가나 손가락들은 흔했고
누구나 한 개쯤의 혀는 가지고 있었다

고양이에겐 고양이의 그림자가 있었고
늘 그랬다는 듯 바람은 투명하게 불었다

나무, 그것은 이미 벌어진 일이었으므로

나뭇잎처럼 흔들리는 나뭇잎이나
그걸 부추기는 바람을 탓할 일만은 아니었다

이 투명한 바닥 위에서는
조금만 균형을 잃어도 넘어질 것 같았지만

허공 속으로 뻗어가는
명랑한 뿌리를 내려다보며

오늘 당장 나무를 때려치우는 것도
쉬운 일은 아니었다

어떤 소원

어떤 종류의 감상은 경계했고
어떤 종류의 시는 배척했다

어떤 곳은 애써 가지 않았고
어떤 곳은 동경했으며
어떤 곳은 벗어날 수 없었다

어떤 행동은 경멸했고
어떤 행동은 염원했고
어떤 행동은 멈출 수 없었다

어떨 때는 여기라서 좋았고
어떨 때는 여기라서 무서웠고
어떨 때는 여기 말고는 없었다

신문이 배달되는 아침마다
무엇엔가 패배한 듯 억울한 심정

개에게 물려죽을 것이 뻔한데
미리 개를 용서하라는 어머니 말씀

어떤 사람의 소원은
바람 같은 것이 아니었다

보이지도 않으면서
보이지도 않으면서

불다가 사라지는 것이 아니었다

지독한 끝

뭔가 잘못 돌아가고 있다

밥 잘 먹고 인사도 잘하는데 이상하다
일 잘하고 적금도 잘 붓는데 이상하다

아버지는 난데없이 코피를 쏟으며 끝나셨고
나는 입은 옷을 벗어던지고
어머니 속을 파내고 들어가 눕고 싶다

뭔가 잘못 돌아가고 있다

언제부턴가 미래 속에는 과거만 득실거리고
나는 이미 살아본 미래를 가진 사람이 되었다

그토록 아꼈던 달밤은 달도 밤도 없이 텅 비었고
기껏 마련한 용기는 번번이 사용할 데가 없다

말이 하고 싶은 날에는 114에 전화를 건다
사람이 보고 싶을 땐 텔레비전을 켠다

아무도 없을 때도 나는 시사적이어야 하니까
아무도 없을 때도 나는 이 시간의 소속이어야 하니까

내가 없을 때도 여긴
이 세상이어야 하니까

끝나는 순간까지
나와 내 심장에 대해 어리둥절해야 한다면

그건 아버지의 썩은 췌장보다 더 지독한 일이다
더 지독한 끝장이다

아직은 터널

갑자기 눈앞이 컴컴해진다
현기증이 난다

꼭 이상해야 하는 건 아니다
뭐가 이상한지도 모르겠지만

나에겐 나를 알아보는 약간의 타인과
의지할 수 있는 몇 개의 관계가 있다

그리고 걸터앉을 수 있는 의자
지그시 눌려지는 엉덩이와
바닥을 내리밟는 발바닥

이제 곧 뜨게 될 별들처럼
미리 사실인 것들과

어제 본 달님처럼
과거 속 현재인 것들

그 사이로 촘촘히 늘어선
이 순간의 체온과 풍경

가끔씩 웃음이 명랑한 소리를 낸다

중요한 약속을 일부러 어겼고
방금 전까지 누군가와 다퉜다

지금은 터널 속
둥근 천장 아래를 달리고 있다

꼭 슬퍼야만 하는 건 아니다
무엇이 슬픈지도 모르겠지만

이제 곧 출구가 보일 것이다
조금 전 입구를 지나온 것처럼

옛날 사람

김종삼을 읽다가 문득 말을 멈춘다

많은 말을 가지면 많은 뜻을 전달할 줄 알았다
그때에야 비로소 남루하였던 나를 알아보고서
의미들은 나의 명령대로 빛나는 거미줄을 짜고

그렇게 되면 밤낮으로 혼자여도 두렵지 않고
거울 없이도 난 내 얼굴을 단번에 알아보고

가지각색 의미로 나의 거죽을 쌓아올려
프랑스에도 가보고 아메리카에도 가보고

살아서 갈 수 없는 단 한 곳을 빼고 가는
모든 여행에도 불안한 줄 몰랐을 거다

조금만 더 말을 모으면
나를 설명하는 일이 가능할 거라고

정확한 말을 찾아, 대상 그 자체인 말을 찾아
때가 되면 진리를 치장해볼 것이라고 들떴다

몇 권의 말 무덤만 덩그렇게 남길 줄도 모르고

내용도 아름다움도 없는* 카드에다
수신인도 발신인도 없는 카드에다

이제 무엇을 떠 써보아야 하나

요즘 아이들은 알아듣지 못할 말을 중얼거린다
옛날 사람이 되는 일밖에 남지 않았다

* 김종삼의 「북치는 소년」에서 빌려옴.

단념

고양이에게는 고양이가 전부이다

그것은 제가 어느 입간판 속에 갇힌지도 모르면서
아무 의심 없이 제 옆에 놓인 사료봉지를 쳐다본다

저의 머리가 언제나 오른쪽으로 기운 것도 모른 채
저의 혓바닥이 행인의 담뱃불로 지져진 것도 모른 채

한 번도 돌아본 적 없는 왼쪽의 세계에 대한
무지 아닌 무지와 달관 아닌 달관의 표정으로

결코 제 입속으로 떨어지지 않을 공중의 간식을 향해
평생 한 가지의 눈빛과 부동하는 한 자세를 선보인다

하지만 고양이는 고양이에 관한 의문을 키우지 않는다
하늘을 의심하는 일이 하늘에게 무슨 소용이 있나

술을 먹고 입간판을 걷어차 본 자식들은 알 것이다
아무도 고양이의 영역을 침범할 수 없다는 것을

고양이를 조각조각 부숴볼 수는 있지만
고양이에게 이 세계를 가르칠 수는 없다는 것을

해설

당신의 아름다운 추상이 끝끝내 상처로 남기를

이철주(문학평론가)

1.

첫번째 시집인 『앨리스네 집』(민음사, 2008)에서부터 두번째 시집인 『4를 지키려는 노력』(민음사, 2013)에 이르기까지 황성희의 시세계에 뚜렷한 단절점이 있었다고 보기는 어렵다. 가장 핵심적인 지층에는 '어머니'로 일컬어질 거대서사의 세계가 놓여 있고 그의 시는 줄곧 이 어머니의 그림자에 대한 환멸과 매혹 사이에서 경쾌하고도 강렬한 위반의 미학을 보여주었다. 진리의 담지자인 기원-어머니의 막강한 괴력 앞에서도 황성희의 화자들은 한없이 당당하고 솔직하다("이 드라이브의 기원 같은 뭐 그런.// 오, 제발./ 그냥 풍선이나 터뜨리시지", 「그냥 평범한 드라이브」, 『앨리스네 집』). 그들을 과장해서 흉내내거나("백 년 정도는 단숨에 흘려보낼 그럴듯한 상처가 내게는 필요하고", 「가장행렬」, 『앨리스네 집』), 도발적인 질문으로 되받아침으로써("요즘 누가 반성을 합니까", 「후일담 사칭의 新유형」, 『4를 지키려는 노력』), 의미와 존재 속에 현실과 감각을 묶어두려는 낡은 어머니들의 권위를 비웃고 뒤흔든다.

이렇듯 뚜렷하고 선명한 대립구도를 지니고 있음에도 황성희의 시세계를 단순화해 잘라 말하기는 곤란하다. 그의 시에서 '어머니'들은 속된 일상성과 사실들로 축조된 세계의 기원이기도 하지만 동시에 의미와 존재에 대한 갈망 자체와도 맞닿아 있기 때문이다. 일례로 「4를 지키려는 노력」(『4를 지키려는 노력』)은 단순히 '진리 없는 중심성'을 지키기 위한 다짐이 아니다. '나'라는 중심과 착각에 묶이지 않기 위해 '나'가 아닌 '4'를 지키겠다는 다짐은 어머니의 권위를 빌려 함부로 "바닷속을 염탐하지 않겠다는 약속"이지만 동시에 "한때 고래 지키는 사람을 꿈꾸었"던 가장 근원적인 갈망 자체를 포기하겠다는 선언이기도 하다. "심장은 언제나 가장 가까운 곳에 있"다는 표현도 마찬가지. '기원'의 허망함과 횡포를 부정하는 이 진술은 곧바로 또하나의 강력한 기원인 "할아버지의 얼굴을 닦고 또 닦"는 행위로 이어진다.

황성희의 문장은 '나'를 넘어서려는 노력과 '나'를 지키려는 충동 사이에서 진동하며 찢어진다. 그의 시는 '중심 없는 중심성'이라는 미학적 추상이나 제스처를 위해 노동하지 않는다. '의미'라는 굴레로 존재의 다채로운 욕망을 억눌러온 낡은 규정들을 부정하지만 이 저항의 제스처가 의미가 부재하는 시대의 본질적 딜레마를 외면하기 위한 미학적 알리바이로 변질되는 것 역시 거부한다. 모순된 것들이 피 흘림 없이 공존하는 추상의 공허함을 배격하고 중심에 대한 갈망이 삶에 던지는 가장 구체적이고도 실천적인 질문 한가운데로 들어감으로써 서로 엇갈리며 뒤엉키는 욕망들의 극점을 언어의 피부 위에 화상처럼 각인시켜놓는다.

황성희의 이번 시집도 팽팽한 모순과 긴장 속에서 펼쳐지는데 이전 시집과 비교하여 좀더 두드러지는 요소가 있다면 '허공'이라는 이미지가 전면화된다는 사실이다. 시종일

관 압도적인 우위를 점유해왔던 어머니의 지위가 한순간에 무너져내리고 허공이 대신 그 자리를 차지한다. 속절없는 죽음의 행진 속에서 그의 화자들은 존재의 바닥으로부터 끓어오르는 갈망과 허기들을, 그럼에도 결코 피할 수 없는 죽음과 필연들을 그대로 반복하며 복기한다. 허공을 견디기 위해 존재의 바닥을 길들이기 위해서가 아니라 그림자들의 호흡과 무관히 살고 죽을 수 없는 삶의 맨얼굴들을 위하여, 어떤 추상으로도 길들일 수 없는 허공의 심연들을 정면으로 마주하고 호흡하기 위하여 이 모든 망설임과 흔들림을 기꺼이 다시 살아낸다. '바깥'이라는 미학적 도피처가 아니라 '안'과 '바깥'이 하나로 뒤엉킨 채 서로를 물고 집어삼키는 이곳의 오늘을 위하여 몇 번이고 스스로를 내어주고 태연히 피흘린다. 쉽게 떠나지 않을, 당신의 '없는' 어머니의 그림자들을 위한 진혼가가 된다.

2.

황성희의 시는 태연히 반복되는 일상의 자전을 멈춰 세우고 삶의 곳곳에 뿌리내리고 있는 어머니의 그림자들에 다가간다. 아무리 밀봉하고 멸균 처리를 해도 부패의 필연을 막을 수는 없기에, 어머니의 그림자들에도 유통기한이 있음을 알기에 내부에서 무너져내릴 때까지 그 붕괴의 징조를 살피며 참을성 있게 기다린다. 지칠 줄 모르고 반복되는 "평생"("평생이란 말 쉽게 쓰지 마", 「진짜 냉장고」)의 뒷면을 바라보며 이 끈질긴 생존의 채무, 존재의 빚에서 벗어날 것을 촉구한다. 그러므로 “뻔하지만 오래도록 풀리지 않는 문제”가 됨으로써 “결코, 저 사거리를 잠식하는 투명한 나무의 거대한 뿌리와는 만나지 않겠다”(「의리의 지우개」)라는 화자의 다짐은 어머니에 대한 저항의 추상적인 제스처가 아니다. “이것이 살아 있는 동안 내가 어머니께 보여드릴 수 있는 식욕의 전부”(「편식의 속사정」)라며 당당히 채무 불이행을 선언하는 화자의 목소리에는 침묵과 굴종을 견뎌내느라 까맣게 타버린 존재의 심연이 무참히 현상돼 있다. 이 저항의 구체성이 황성희 문장의 내구성과 깊이를 만들어낸다.

나는 압도적인 몇 종류의 어린 공포와 옷장 속
겨울 코트보다 적은 개수 교훈으로 지금껏 가동되었다
팔다리는 무엇을 피하기 위해 몸밖으로 뻗어갔으며
이 기계는 무엇을 감추기 위해 겹겹의 피복을 발달시켰나

사은품처럼 매일매일 쏟아져내리는 오작동의 경험들
오늘이라고 다섯 번 거짓말치고 몇 분 정도는 우쭐했지만
나 혼자 잘못 아는 건 아닌지 백색소음을 내며 울었다

이 기계는 허공의 낯선 굴곡을 따라 노련하게 움직이

지만

더욱 사려 깊은 작동으로 기진맥진한 곳곳을 보호하지만
말을 멈춘 뒤에도 생각은 멈추지 못하는
슬픈 구조를 지녔다

—「평범한 오작동의 세계」 부분

어머니의 목소리에 실린 "공포"와 "교훈"은 생존을 지시하는 명령이자 죽음과 무의미의 세계로부터 인간을 보호하는 외피가 되어준다. 어머니의 음성은 인간의 몸에 뿌리를 내리고 "허공의 낯선 굴곡"으로부터 '나'를 보호하며 부지런히 허공을 지우기 위해 움직인다. 어머니의 음성이라는 외골격에 기대어 온 힘을 다해 버티고 있지만, 그로 인해 "손잡이를 쥐고 문을 여는 행운을 누릴 수 있"(「출구 없음의 마술」)다고 생각하지만 세계는 이미 붕괴 직전이다. 황성희의 문장은 이 극단의 폭력과 무감각으로서만 유지되는 지극히 비근하고 평온한 일상의 배면에 주목한다. 세상의 모든 종말들이 전조로서 내보내는 작은 시그널들("사은품처럼 매일매일 쏟아져내리는 오작동의 경험들")을 향해 존재를 열고 생존을 위해 어쩔 수 없이 빌려 입은 어머니의 음성들을, 그 육중한 음성의 중력조차 뚫고 쏟아져나오는 존재의 약동들을, 최후의 순간까지도 멈출 수 없는 오작동의 관성들을 이 위태로운 삶의 순간들로부터 받아 적는다. 저항이라는 아름다운 이름으로 각색한 숭고한 진술이나 그럴듯한 상처들로 무장한 투명한 고백이 아니라 더이상 부정하거나 지불하지 않을 수 없는 존재의 청구서로서 어머니의 율법으로부터 배설된 오물들의 역사를 기록하고 증언한다.

천천히 밀려온다, 투명한 불안, 바람처럼 살랑거리고, 매질 없이, 내장을 긴장하게 만드는 기술, 사고는 한순간 집중됐다가, 산만해진다. 한 무리 고기떼가 모였다가 흩어지는 것처럼, 사고의 응축과 분산, 일상을 가로지르는 날렵한 헤엄, 부드럽지만 확고한 지느러미, 이제 점점 더 조여올까, 그물은, 아니 생각은, 순식간에 모였다 단번에 흩어지는 고기떼들을 가두기 위해, 자동차가 달리고, 가정은 탄생하고, 깨달음 저 너머, 형체만 남은 울부짖음, 누군가 운좋게도 어머니를 잃었나? 경적이 소스라치게, 몇 번을, 놀란다. 손가락이 창문을 쓰다듬는 것, 물고기가 어항 벽에 주둥이를 부딪치는 것, 과자로 만든 집과, 생각으로 만든 케이크, 부풀어라, 부풀어라, 숨이 턱에 다다른 심장처럼, 그러다 빵! 상상으로만 터져보는 것은, 재난 대비 훈련 같은 건가. 낄낄낄 찰나, 눈앞의 얄팍하고 팔랑거리는 이것은, 온천 할인권? 사용 기한 지났나, 안 지났나, 홱 고개를 들이미는 순간, 사정없이 낚이는 입꼬리, 차라리 찢어지고 말지, 그 용기를 마련 못하고 끌려올라가는 비명, 뱅글뱅글 릴에 감기는 변명, 대롱대롱, 허공의 물고기 한 마리, 거울을 뚫고 기어이 솟구친다, 지글지글, 태양 아래, 생각이 타는 냄새.

—「생선구이」 전문

그렇기에 황성희의 시에서는 "고기떼들을 가두기 위해, 자동차가 달리고, 가정은 탄생하"는 억압적인 일상의 규율들조차 '자유를 갈망하는 고기떼'라는 숭고한 은유를 위해 작동하지 않는다. 황성희의 문장들은 억압과 저항이라는 이분법적이고 타성에 젖은 인식과 이미지들에 끊임없이 현실이라는 불순물을 초대한다. 적절한 타이밍에 고기떼들을 안전한 구역으로 몰았다가 다시 흩어버릴 줄 아는 치밀하고 능숙한 '생각의 기술'이야 그렇다 쳐도, 이토록 지리멸렬한 일상들이 "뻥!" 하고 터져버리는 순간을 "상상으로만" 즐기며 "낄낄"거리는 화자의 속물성이야 십분 이해한다 해도 기껏해야 '온기'를 약속하는 작은 유혹("온천 할인권") 하나에 무너져 끌려올라가는 물고기라니. 그나마 몸이 찢어지는 것이 두려워 얌전히 허공 위로 끌려올라가는 순종적인 물고기로부터 전형적인 저항의 제스처를 읽어내는 것은 불가능하다.

황성희의 시는 머릿속에서만 요동치는 자유와 해방에 대한 갈망이 아니라, 그 갈망의 가장 세속화된 이미지들이 아니라, 오물이 끓어넘치는 치욕 속에서 가장 선명하게 들리는 자기 안의 목소리에 귀기울일 것을 명령한다. 어머니의 율법에 질식하는 순간까지 존재를 밀어붙임으로써 결코 온전히 지워낼 수 없는 존재 내부의 목소리를 침묵과 부재의 형태로 형상화해낸다. 물론 이 오욕으로 가득한 싸움 속에서도 황성희의 화자들이 패배하지 않는 건 그들이 태생적으로 생존자들이기 때문이다. 자신들의 존재가 흙과 무로 돌아갈 때까지, 어머니의 율법에 숨이 막혀 모든 저항과 견딤의 순간들에 마침표가 찍힐 때까지 이 온몸으로 수행하는 인고의 싸움을 멈추지 않는다. 끝끝내 살아남아 지울 수 없는 물음표를 어머니의 그림자 한복판에 심어놓는다.

3.

황성희의 화자들은 오랜 세월 지상에 뿌리박고 살아남기 위해 스스로를 소진시켜왔다. 그 오랜 굴종 속에서도 끝끝내 사라지지 않고 꿈틀거리는 자기 안의 폭풍과 마주하는 순간이 이번 시집의 한 부분을 차지하고 있다면, 그보다 더 압도적으로 나타나는 이미지는 어머니의 괴력조차 가볍게 무화시키는 허공의 위력이다. 허공 속에서 "코렐보다도 단단하지 못했던" 아버지는 "이 세계의 시간 밖으로" "산산조각이"(「아버지와 코렐」) 나고, "구멍난 양말을 꿰매며, 구멍에게"(「콧물의 세계」) 지고 마는 절대적 무력감에 노출되는 순간들이 끝도 없이 반복된다. "오늘의 이 얼굴이 어제의 그 얼굴"이라는 것은 너무나도 분명한데, 이 얼굴을 씌워준 어머니의 그림자로부터 쉽게 벗어날 수 없다는 것은 무엇보다도 확실한데, "사과도 썩고 사과를 칠하던 손도 썩"었을 때 "어젯밤을 기억하는 건" 나도, 어머니도, 어머니의 그림자도 아닌 단지 "플라스틱뿐"(「플라스틱 재능」)이다. 그러니 이 싸움은 시작부터 허망한 데가 있다. 어머니의 손아귀에서 벗어나기 위해 그토록 힘들게 버티고 견디며 한 생을 다 바쳤는데 실은 어머니도, 어머니의 그림자도 애초부터 존재한 적이 없었다는 것이니 말이다.

반백 년 가까운 삶을 맹탕 흘려보냈다

한 명의 아버지를 속수무책 잃었고
어머니는 신(神)도 어머니도 아니었다

무서운 건 매질이 아니라 날마다의 태양
아기는 배꼽에서 나오지 않았고
위에서 아래로 떨어지는 사과의 천지였다

(……)

처음 여기 왔던 방식과는 다르게 사라진다
날마다 조금씩 어딘가를 향해 옮겨진다

아무 언어로도 말해질 수 없는 비참을 뚫고
눈 닿는 모든 곳에서 자비 없이 달려든다

내게 남은 마지막 순서가 나를 향해 전속력으로

재채기나 속도위반 같은 건 그 와중에 벌어진다
정면충돌의 직전까지는 물론 식사도 계속된다
—「시시한 세계」 부분

"어머니는 신(神)도 어머니도 아니었"다는 고백은 그동안 어머니에 대항하기 위해 투쟁했던 모든 순간들이 무의미한 착각에 불과했다는 것을 의미한다. 어머니는 일상의 삶을 규정짓는 억압적인 코드이기는 했어도 의미의 담지자도, 존재를 낳는 어머니도 아니었던 것이다. 그런데도 마치 '없는 어머니'의 유령에 매여 평생을 유령의 그림자나 쫓으며 살아왔다니. "시시한 세계"가 건네는 이 날카로운 일갈은 그러나 조심해서 받아들여야 한다. 일체의 의미 규정이나 인위가 인간이 만들어낸 가짜 고민들이라고 해서, 허무가 진짜 고민의 대상이 되는 것은 아니기 때문이다. 황성희 시의 화자들은 태생부터가 끈질긴 생존자들이고 그렇게 호락호락 허공에게 스스로의 자리를 넘겨주지 않는다.

허무를 견디는 가장 쉬운 방법은 허공에게 '어머니'의 자리를 내어주는 것이다. 세계의 근본은 없음이고 모든 있음은 없음을 향해 전력질주하고 있으니 이 새로운 '어머니'의 율법에 따라 삶과 의미를 포기해버리면 된다. 그러나 이 방법은 황성희의 화자들이 취해왔던 기본적인 태도와 맞지 않는다. "눈에 보이는 허공이 점점 늘어나지만" 아직은 "아버지를 따라 덩달아 썩을 때도 아니"고 "어른들 뒤에서 젯밥 생각에나 골몰할 때"(「성장의 동력과 잡동사니 기질」)라는 선언은 설령 어머니의 그림자들로 회귀한다 할지라도, '성장'이라는 미명하에 묶여 또 한번 굴종을 감내하더라도, 허무의 세계에 투신하지는 않으리라는 것을 말해준다. 심지어 "당신이 태양이라는 확신만 있다면/ 가지를 비틀어 뻗는 일이/ 이토록 두렵지는 않을 텐데"(「눈부신 사생아」)라며 중얼거리는 화자는 여전히 '의미'라는 태양이 버리고 간 "사생아"로서 스스로를 받아들인다. 불확실한 것은 당신이 정말로 태양인지 아닌지의 여부일 뿐, 태양이라는 '자리' 자체가 아닌 것이다.

통째로 뽑는 건 쉬워요. 뽑히는 것도 쉬워요. 나무가 나무를 잇는 게 어려울 뿐이죠.

완전히 미워하는 건 어려워요. 어쩌다 하늘이 감동을 줄 때도 있다고요. 구름이 신기해서 나도 모르게 넋 놓고 쳐다볼 때가 있다고요. 그럴 때 난 구름이 새겨진 이 천장의 벽지를 완전히 미워하지는 못해요. 보도블록 다닥다닥 붙여진 땅바닥 위에서 나도 모르게 억새 사이로 달맞이꽃을 찾을 때도 있다고요.

완전히가 어려워요. 봐요. 난 지금도 안전거리 유지하며 저 트럭을 따라가요. 냅다 들이받지도 못하고. 눈앞의 트럭을 믿지 않기란 어려워요. 완전한 문장처럼 어려워요.

—「트럭 신봉자」 부분

의미를 추방하는 것도 추방당하는 것도 쉽다. 설익은 허무주의는 대개 이 솔직하지 못한 거짓말에 기대어 '허무주의'라는 '의미'를 또하나의 어머니로 모신다. 진실로 어려운 것은 아무리 짓누르고 뭉개고 뜯어내어도 악착같이 되살아나는, 의미에 대한 갈망을 통째로 지워내는 일이다. 온 생을 들여 가까스로 얻어낸 '얼굴'마저 결국엔 흔적도 없이 사라지는 것을 매 순간 목격하면서도, 이미 예정된 추락과 부패를 매번 확인하면서도 이 얼굴에 기대어 뿌리내리는 마음들을 내치지 않는 일이다. 허공과 같이 살아가는 것. 매번 무너질 것을 알면서도 모래성 같은 마음들을 번번이 짓고 허무는 것. 해묵은 진실처럼 들릴지 몰라도 이를 하나의 삶으로, 문장으로 살아내는 것은 몹시 어려운 일이다.

"눈 앞의 트럭"이라고 해봤자 허공 앞에선 작은 농담조차 되지 못한다는 걸 잘 알면서도 황성희의 화자들은 이 믿지 않을 수 없는 의미의 파편들을 "냅다 들이받지도 못"한 채 "안전거리"를 유지하며 속절없이 따라간다. 한 치의 오차도 없이 반복될 이미 예정된 추락의 긴 과정들을, 어떤 의미로도 구원할 수 없을 오래된 비명들을 그저 바라만 본다. '없는' 어머니의 그림자들은 죽은 어머니의 유령 같은 목소리가 아니라 의미 자체가 존재할 수 없다는 것을 뼈아프게 깨닫고 있으면서도 끝끝내 부정하지 못하는, 의미 자체에 대한 세상 모든 존재들의 갈망들이다. 황성희의 화자들은 '없는' 어머니의 이 무수한 그림자들을, 잘라낼수록 태연히 되살아나는 불멸의 욕망들을 추방하지 못한다. "완전한 문장"이라는 기적을, 꿈을, 소란을 포기하지 못한다.

낭떠러지는 알 수 없겠지
추락의 직전까지는 마냥 흘러야 하는
이 세로의 기분을

조끼의 단추나 떨어졌으면
물속에서 하는 생각이 기껏 그렇다

어떤 개에게는
훈련보다 뼈가 자라는 일이
훨씬 더 고되고 무섭다

아기들이 끝내 울음 참기에
성공하는 건 무엇 때문인가

비명의 때와 장소 그리고 강약을
조절할 수밖에 없는 사연은 또

아무것도 아는 게 없는데 난 계좌이체도 할 줄 알고
불투명한 회계 단체에는 함부로 기부도 안 하는 것이다
총선이라는 말도 할 줄 알고
인물이 없다는 탄식도 할 줄 안다
추위도 탈 줄 알아서
전기장판을 꽂고 취침에 온도를 맞춘다

경고처럼 붉은 등이 켜지고
이불을 깐 허공이 따끈하게 데워지면
경추 베개에 나의 목뼈를 단단히 끼워맞춘다

등 밑의 허공을 향해 언제 활짝 열릴지 모를 이 바닥을
이리 뒤척 저리 뒤척 밤새 온몸으로 꽁꽁 잠가야 하니까

아직까지는 이 허공이 나의 안방이어야 하니까

—「자물쇠가 천직인 사람들」 부분

황성희의 시적 사유에 따르자면 "낭떠러지"라는 추상은 정작 '추락'을 알지 못한다. 황성희의 화자들은 낭떠러지라는 추상이 아니라 그럴듯한 말과 사유가 매번 죄책감 없이 제멋대로 빌려 쓰다 버리곤 하는 '추락'의 기분("추락의 직전까지는 마냥 흘러야 하는/ 이 세로의 기분")에 대해 궁금해한다. 말과 사유의 바깥이라 부르든, 미지의 감각과 이미

지라 칭하든, 추상의 세계는 아름답고 선명하며 눈부시다. 그러나 추상의 그림자와 무게를 견뎌야 하는 이곳은, 잠시라도 긴장을 놓으면 아득한 허방으로 떨어질까 두려워 스스로를 "밤새 온몸으로 꽁꽁 잠"가야 하는 필연의 땅이다. 그러므로 "아직까지는 이 허공이 나의 안방이어야" 한다는 마지막 읊조림은 단순히 삶을 포기하지 않겠다는, 허공에 순순히 끌려들어가지 않겠다는 의지의 표현이 아니다. 허공이 입과 코를 막으며 잠식해 들어오는 이 모든 순간들을, 모든 추락의 기분들을 어떤 의미나 그럴듯한 추상에도 손을 뻗지 않은 채 견디겠다는 결연한 다짐이자 선언인 것이다. 허공과 의미에 대한 갈망이 서로 살을 부대끼며 살아가기 위한 몸살의 공간으로서 '허공이라는 안방' 하나를 자신의 삶에 새겨넣겠다는 피맺힌 절규인 것이다.

4.

이번 시집에서 황성희의 시는 폭압적인 '어머니 세계'에 대한 도발적이고도 매혹적인 위반의 미학으로부터 존재의 의미 상실(허공)에 대한 치열한 방어전으로 그 전략적 중심을 이동하고 있는 것으로 보인다. 물론 이러한 '허공'의 이미지가 황성희의 시에 본래 없었던 것도 아니고, 그렇다고 그의 화자들이 허공에 맞서기 위해 선불리 의미의 세계에 화해의 요청을 보낼 수 있는 것도 아니다. 황성희의 화자들은 의미의 폭력과 무의미의 공포 사이에서 스스로를 '의미'

바깥으로 내쳐진 어머니의 폐기물이자 사생아로 규정짓기에 어머니의 세계로 쉽게 돌아가지도, 모든 것을 포기한 채 허공에 투항하지도 못한다. 다만 마음의 바닥으로부터 끊임없이 웅성거리는 존재의 약동들을, 그 "아무 언어로도 말해질 수 없는 비참"(「시시한 세계」)들을 지극히 건조하면서도 단단한 문장들로 포착해낼 뿐이다.

그는 아직 한 번도 물속을 경험하지 못한 물고기였다

아가미가 슬픔의 퇴화된 구조라는 걸
알게 된 것도 최근의 일이다

자신의 호흡을 폐에 감추고 단단한 비늘을
두 발처럼 드리운 그는 매끄러운 피부가
비늘 말고 무엇을 은폐하는지 알지 못한 채
모든 헤엄의 원형과 영법의 발달사를
책을 통해 배우며 자라났다

문자들은 의심을 모르는 새끼 물고기처럼
유쾌하고도 날렵한 의미와 생동의 춤을 추었고
자신이 물고기임에도 인칭을 사용하는 주제로
그는 한 유력 잡지에 등단하기도 했다

딱딱한 손끝의 비늘을 손톱깎이로 깎아내며 그는 오래전
스스로 가라앉힌 부레를 떠올려본다 아가미를 활짝 열고
사지를 늘어뜨린 온몸에 들숨 날숨 할 물을 상상해본다

가끔은 이런 생각이 한 번도 들어가보지 못한 물속처럼
허황되고 두려우면서도 난데없이 쓸쓸해서
추억으로 채운 머리 속을 최신의 영법으로 헤엄쳐보지만

물이 모두 말라붙은 이 물속은 없음으로 출렁거린다

자신의 결심과 상관없이 이 건조한 헤엄을 지속시키는
가슴속 두근거림에 대해 그는 때로 분노하고 좌절했지만
없음으로 가득찬 물속으로 계절을 잃은 꽃잎이 떨어진다

검은 하늘로 뒤덮인 까마득한 수면을 올려다본다
일렁이는 달의 옆으로 갓 태어난 별들이 둥둥 떠다닌다

그는 비늘을 숨긴 손으로 벌렁거리는 아가미를 움켜쥔다
젓지 못하는 새들이 날개를 꺾고 지상을 향해 내리꽂
힌다

—「물고기 사내」 전문

등단작인 「앨리스네 집」을 여러모로 상기시키는 위 시는 등단 이후 시인의 시적 궤적을 거칠게나마 짐작게 한다. "책을 통해 배"운 "최신의 영법"들조차 무용해지는 허공의 중력 속에서 화자는 그간 자신을 옭아매었던 어머니로부터도("자신이 물고기임에도 인칭을 사용하는 주제"), 어머니의 자리를 꿰어찬 허공의 괴력으로부터도 거리를 둔 채 허공을 숨쉬고 헤엄치는 법을 새롭게 배우고 있는 중이다. "비늘을 숨긴 손으로 벌렁거리는 아가미를 움켜쥐"어봤자 잡히는 것이라곤 "없음"뿐일 테지만, 어떤 의미에도 "짖지 못하는 새들이 날개를 꺾고 지상을 향해 내리꽂히"는 일이 수억 번 또 반복되겠지만 애써 어머니를 향해 이빨을 드러내거나 어머니의 빈자리에 눈감는 일은 일어나지 않을 것이다. 이 불가능한 호흡을 지탱하는 "가슴속 두근거림"이란 의미나 근원에 대한 낭만적 갈망이 아니라, 결국엔 모든 것들이 허공에 집어 삼켜질 것을 알면서도 결단코 부정할 수 없는, '슬픔의 기형'이 빨아올린 새빨간 혈관 속 위태로운 열기들을 지시할 뿐이기 때문이다.

황성희의 이번 시집은 비근한 삶의 자리에서 자신의 존재를 견고하게 드러내는 어머니의 그림자를 통해, 혹은 그런 어머니의 자리조차 게걸스럽게 먹어 치우는 허공의 압도적인 체적을 통해 숨막힐 듯 강렬한 이미지와 삶을 들여다보는 깊이 있는 시선을 획득하고 있다. 어머니라는 코드, 허공이라는 공통된 소재가 시집 곳곳을 채우고 있지만, 황성희의 시는 그러한 미학적 추상이나 동일성의 기호들로 간단히 환원되지 않는다. 생존과 적응이라는 이름하에 너무 쉽게 망각해온 무수한 피 흘림들이 '어머니'의 자리를 중심으로 팽팽히 회전하고 있기 때문이고, 허공이 뿌리내리며 존재를 삼켜온 숱한 삶의 허방들이 그의 문장 곳곳에서 입을 가득 벌린 채 독자들을 기다리고 있는 탓이다.

이 오래도록 잊어온 뜨거운 흉터 속에서 어머니, 혹은 당신의 빈자리와 만나고 헤어진다. 당신의 아름다운 추상이 끝끝내 상처로 남아 언제까지라도 피 흘려주기를. 영원히 회복되지 않는 비명으로 남아 당신을, 그리고 당신의 텅 빈 자리를 들려주기를. 그렇게 또 한번의 새벽과 아침을, 어떤 밤의 농도로도 지워낼 수 없는 존재의 허기를 황성희의 문장 속에서 맞는다. 그림자들의 사체로 낭자한 아침의 온기를, 그 온기 속에서 피어나는 오늘의 기적을 믿는다.

황성희 2005년 『현대문학』을 통해 등단했다. 시집으로 『앨리스네 집』 『4를 지키려는 노력』 『가차 없는 나의 촉법소녀』가 있다.

문학동네시인선 153
눈물은 그러다가 흐른다

초판 인쇄 2021년 3월 30일
초판 발행 2021년 4월 8일

지은이 | 황성희
책임편집 | 강윤정
편집 | 이재현 김영수
디자인 | 수류산방(樹流山房)
본문 디자인 | 유현아
마케팅 | 정민호 이숙재 우상욱 정경주
홍보 | 김희숙 김상만 함유지 김현지 이소정 이미희 박지원
제작 | 강신은 김동욱 임현식
제작처 | 영신사

펴낸곳 | (주)문학동네
펴낸이 | 염현숙
출판등록 | 1993년 10월 22일 제406-2003-000045호
주소 | 10881 경기도 파주시 회동길 210
전자우편 | editor@munhak.com
대표전화 | 031) 955-8888 팩스 | 031) 955-8855
문의전화 | 031) 955-3578(마케팅), 031) 955-8865(편집)
문학동네카페 | http://cafe.naver.com/mhdn
트위터 | @munhakdongne
북클럽문학동네 | http://bookclubmunhak.com

ISBN 978-89-546-7859-9 03810

www.munhak.com

문학동네